与故乡握个手

安黎 著

黄山书社

图书在版编目（CIP）数据

与故乡握个手 / 安黎著 . -- 合肥 : 黄山书社，
2021.7
（原乡人书系）
ISBN 978-7-5461-9688-6

Ⅰ . ①与… Ⅱ . ①安… Ⅲ . ①散文集 - 中国 - 当代
Ⅳ . ① I267

中国版本图书馆 CIP 数据核字（2021）第 134497 号

与 故 乡 握 个 手
YU GUXIANG WO GE SHOU

安　黎　著

出 品 人　贾兴权
责任编辑　刘莉萍
内文插图　VV 王
装帧设计　有品堂＿刘　俊　张俊香
出版发行　时代出版传媒股份有限公司（http://www.press-mart.com）
　　　　　黄山书社（http://www.hspress.cn）
地址邮编　安徽省合肥市蜀山区翡翠路 1118 号出版传媒广场 7 层 230071
印　　刷　安徽联众印刷有限公司
版　　次　2021 年 10 月第 1 版
印　　次　2021 年 10 月第 1 次印刷
开　　本　880 mm × 1230 mm 1/32
字　　数　135 千字
印　　张　6.75
书　　号　ISBN 978-7-5461-9688-6
定　　价　42.00 元

服务热线　0551-63533706
销售热线　0551-63533761
官方直营书店（https://hsss.tmall.com）

目录

马的退场

诸多旧事旧物，皆在日月的奔走中遭到遗弃，历经数十个春秋的交替，就已遍寻无觅。对此，我既不感到意外，亦不会像“失去才觉可贵”的恋旧者那样，痛彻心扉地大发惋惜之叹。我清楚地知道，那些来自于上苍恩赐或源自于人工制作的原始而粗糙的旧物，之所以在绵延不绝的历史长路上，能恒久地介入华夏族群的生活，佐证的，不是我们对传统固执地迷恋与沿袭，而是我们物质的极度匮乏，以及技术革新的踯躅乏力。

新的取代旧的，这是自古而今任谁都难以撼动的自然法则。该离去的，即使拽住衣襟也挽留不住；该崩塌的，即使增持千斤顶也支撑不住；该退场的，即使加固围栏也拦挡不住。

在渐次淘汰的万千物种中，没有哪个比马更为醒目，也更令人感怀的了。曾几何时，马像矢志不渝的忠实配角，在人世间这座光怪陆离的巨大舞台上，与身为主角的各色人等，配合默契，形影不离，演绎出一幕幕悲喜交加的生死活剧。然而现在，号称马路的阔道上，却很难望见马的踪影。无马的马路，俨然已偷梁换柱为汽油车和电动车的撒欢之地。

在往昔漫长的时间段落里，马像人的贴身侍从，与人须臾不离，尽职尽责，既身心疲惫，又尽享荣耀。从庙堂之高，到草莽之远；从尸横遍野的喋血沙场，到男耕女织的田间地头，马无处不在，且肩负重任。贩运货物，马长途奔跑，是南来北往的驮载工具；南征北战，马冲锋陷阵，是锋利的攻击性武器。马还具有一项特殊功能，那就是被视作身份的象征和资产的标志。门外拴一两头枣红大马，比现在门口停放一两辆百万豪车，主人的脸上还要更有光彩。因为豪车只能证明财富的阔绰，却无法显示地位的显赫。枣红大马，唯有高高在上的食禄阶层才有资格得以配置，而匍匐于地的布衣草根，绝不可随便染指。

远古时期，没有汽车，亦没有火车，人唯有借助于马和驴，才能远行千里，探望到外部世界的真实样态。与此同时，也依赖于马的来往穿梭，相互传递音讯，并把北方的小米、苹果等源源不断地贩往南方，也把南疆的茶叶、丝绸等持之以恒地运至北疆。街市里的白市与黑市，甚至包括盛唐时期帝都长安繁盛一时的东市与西市，其人声的鼎沸，货物的琳琅满目，隐现其后的，毫无例外皆是马酸困的腿蹄和被汗水濡湿的棕毛。马在鞭子的抽打下，披星戴月地赶路，翻越高山，蹚过河流，感受四季冬去春来的冷热转换，目睹社稷潮起潮落的时势更替。

马的家乡在荒野，辽阔的草原，是它们世代繁衍生息的沃壤。在天地之间，马任意驰骋，自由而散漫，无拘亦无束，仰望蓝天白云，俯察青山绿水。但这样的惬意，被人的占有欲活生生地拦腰截断。在人持续的驯化下，桀骜不驯的马，渐渐失却马的原始野性，对颐指气使的人愈发地俯首帖耳。它们被拘押于马厩，脖子上套着缰绳或夹板，为获得那把用于填充口腹的草料，不得不被人牵住鼻子。马的被驯服，是生命遭受异化的一个典型样本。解析马由狂傲到温顺、从随心所欲到仰人鼻息的过程，也许，我们能从中洞悉到人类自身的命运：拥有双腿，不一定能笔直站立；拥有嗓音，不一定能纵情歌唱——人类在征服野生动物的同时，也将自己予以了征服。

很多马背上的民族，依靠骏马铁蹄的凌厉攫取江山。但当旗开得胜的号角吹响，在论功行赏时，战功卓著的马，却并未谋得太多的犒赏。好的一点在于，相较于大多数动物，马的结局还不算太过悲惨。有太多的动物，比如牛、驴、狗等，在为人殚精竭虑地效力之后，转身还要被人屠宰，马却幸运地躲过了这一场劫难。市场上售卖的有牛肉，有驴肉，有狗肉，唯独不见马肉。马，除却少许的还在某些仪式上扮演着角色，更多的，则以和平的方式悄然离场。它们没有像驴那样，落得卸磨杀驴的悲惨下场，也算是人对马仅存的一点仁慈吧！

煤油灯的熄灭

黑夜里，有一盏煤油灯亮着，人的心里就踏实许多，不再那么恐慌。

煤油灯弥散的光亮，实在过于幽微，只能照亮灯下巴掌大的一块地方。尽管如此，它却能给一家一户的夜生活徒增更为丰富的内容：母亲或纺线织布，或缝衣做鞋，“慈母手中线，游子身上衣”，大多是在昏黄幽暗的煤油灯下完成的；孩子趴在煤油灯的近旁，或伏案写字，或迷瞪阅读，鼻孔被熏黑，眼睫毛被燎燃，但因“学而优则仕”的晓谕言犹在耳，于是不敢懈怠，憧憬着自己能在某个黄道吉日，鸡变凤凰般地攀上一条功成名就的进爵阶梯。

年少时我对煤油灯可谓爱恨交加，既憎恶它的幽暗，嫌弃它的肮脏，又不得不依赖它的光亮来驱逐黑暗，从而在暗无天日中，孵化梦幻的异想天开。我依偎在它的身旁阅读，让书中摇曳的火苗，烫熨寒冬的心宇。煤油灯的光焰，永远呈现出一副昏昏欲睡的模样，尽管俯身其下的我，近乎于目眦尽裂，却也未必就能清晰地辨认出页面上的字词。加之它是由一个墨水瓶转化而来的，个头又矮又小，全身油腻不堪，散发着一股刺鼻的味道，让人偶或瞥其一眼，都能滋生出把它扔向垃圾堆的强烈冲动。它介入人的生活，久久不肯离场，显示的不是它的卓越，而是人的无奈。在没有其他选项的状况下，人对其虽生憎恶之心却不能随意丢弃，虽有嫌怨却只能终日相守。

在通往供销社的那条用脚踩踏出来的土路上，我拎着一个脏兮兮油乎乎的煤油瓶，来来回回地往返过十几个春秋。供销社蹲坐于邻村，距离我们村仅有一公里之远，但就是那条短路，我走起来，却觉得有着“蜀道之难”与“天路之远”。这样的心理体验，显然不是源自空间的遥不可及，而是源于情绪上的排斥抵触。拎着空油瓶去，运气好的话，会拎着一瓶煤油欣然而归；运气不好的话，就会拎着空油瓶沮丧而回。那个年月，各等商品皆极为短缺，货架上总是空空荡荡，而售货员的脸色，似乎比冰窖还要冷酷。询问三句五句，他或她，都宛若一口敲不响的锈钟，不发出任何回响，至多翻起白眼斜睨发问者一眼。那满含鄙夷的斜目一瞥，犹如一根尖利的钢针，时常刺得我一息尚存的尊严遍体鳞伤，疼痛难忍。尊严，也许是赤贫家庭中一无所有却又自作多情的我，力图保全并不肯拱手相让的最后一笔私藏。但在人分三六九等的现实中，奢望活得不丧失尊严，其难度绝不亚于深陷青楼的女子对贞操的捍卫。买卖，不是平等的钱货交易，而是一种低声下气的跪求和趾高气扬的施舍。正是因为畏惧售货员那一束刀刃般寒气逼人的目光，我迈向供销社的脚步，才变得如此地迟疑和沉重——我对市场经济的由衷向往，恰是从售货员高傲的表情和轻蔑的目光里开始萌芽的。市场经济，除却商品供应量的极大丰裕，最为核心的，就是能把买卖的双方置于平等的地位，让人在互惠互利的交易中，不再像狗一样地摇尾乞怜。

尽管煤油供不应求，但煤油灯还是要点亮的。当然，瞅着煤油瓶里徐徐降低的煤油，点灯也决然不敢大手大脚地肆意妄为。一旦不干活，不读书，就及早地钻入被窝，哪怕毫无睡意，也要尽快地将灯吹灭，以节省燃料。

一缕火苗，点燃我的黄粱美梦；一盏煤油灯，陪伴我度过饥寒的青春年少。煤油灯犹如拯救者那样，让我的漫漫长夜，不至于黑暗得体无完肤；让我的孤独之心，不至于坠落深井——对煤油灯，我从不怀念，也从不留恋，却心怀永远的感恩。

风箱的败落

曾几何时，风箱是每家每户不可或缺的标配，即使再穷的家庭，锅灶旁都卧有此具。离开风箱，人无以饮水，无以吃饭，更无以苟活。然而现在，无论闹市或乡野，相伴华夏子民数千年的风箱，犹如被风荡涤而尽的尘埃，已踪迹难觅。

隐身“民以食为天”其后的，是民生之艰与民食之难。“仓廪实而知礼节”，那仓廪不实甚至虚空，人又会怎样？答案无疑是，在有限进食的半饥半饱中，或在无以进食的刻骨饥饿中，大多数形容枯槁的人，会自降身段，沦落至动物的层级，日思夜想地执念于一瓢羹，殚精竭虑地谋取于一箪食，哪还顾得上礼义廉耻这等貌似扭捏作态的虚浮讲究？脸面不能当饭吃，于是就扔掉脸面；尊严不能用来充饥，于是就埋葬尊严。或者，干脆把脸面和尊严当作交易物，一并支付出去，以换取一碗剩饭或一钵残羹的施舍。白昼，盘旋脑际的，是吃；黑夜，潜入梦境的，还是吃。一个“吃”字，搅扰得人心神不宁，神魂颠倒。对吃的渴望与迷恋，烈火焚心，屏蔽了一切。当吃的念想蛮横地霸占和钳制住他们全部的思维，将他们劫持为乖顺的俘虏，原本得陇望蜀异想天开的人，就再也无暇兼顾其他了。

锅里无米很绝望，锅里有米，但要生米做成熟饭，也并非那么容易。买不起煤炭，十之八九的炉灶里，填喂进去的，皆为四处捡拾和胡乱拼凑的柴火。柴火或软或硬，或干或湿，或为秋叶，或为麦草，或为镰刀割回的藤棘，或为镢头刨挖的朽根，或为斧头斩断的树枝。将潮湿或僵硬的柴火塞入灶里，灶口便会随着风箱的一拉一推，喷涌出股股浓烟。被烟囱排放不及的黑烟，决堤般从灶口倾泻而出，弥漫着，腾跃着，霎那间把整个屋子熏染得如同黑夜。坐在灶前拽拉风箱的农妇，在烟熏火燎中，眼圈泛红流泪，并一声接续一声地咳嗽不已。每天之每晌，今日复明日，以做饭为己任的家庭主妇，手脚都被风箱拴住，世代都走不出灶房，走不出拽拉风箱和被烟熏成沙眼的苦痛宿命。

烧开一锅水，得推拉多少次风箱？做熟一锅饭，又要与风箱缠斗多少个回合？通常情况下，做饭唯有得到两个人的有效配合，才能较为顺利地完成。最为常见的合作是，急急火火的主妇忙碌于案头，流着鼻涕的孩提使出全力，抱住风箱“咣当、咣当”地烧火。

风箱是由几块薄板钉制而成的长方形木箱，放置于锅灶的旁侧。两根长条拉杆，一高一低，从木箱的正面穿膛而入。箱内的杆子中央，缠绑着一丛鸡毛。鸡毛随杆子的推拉，宛若扇子那般扇出阵阵旋风。风从炉灶预留的圆洞钻入，为已点燃的柴火，起到推波助澜的助燃作用。

风箱的构筑原理并不复杂，它纯粹源于木匠的手工制作。指头有长短，手艺有高低，风箱出自不同木匠之手，显得千差万别。有的过于轻飘，拉起来虽然省力，但策动的风力极其微弱，像奄奄一息的病人最后的喘息，很难将一灶的柴火扇得熊熊烈燃；有的过于沉实，每拉一次，都像纤夫在拖拽陷入淤泥的铁船，一顿饭做熟，拉过风箱的胳膊，像棍子一般僵硬。

风箱尽管是农耕文明智慧的结晶，为华夏民族的繁衍生息立下了汗马功劳，但由于其质地的粗糙和工艺的简易，在与现代文明的对峙中，脆弱得不堪一击。一台小小的家用鼓风机，就将千古不可撼动的它，彻底地予以打败并驱赶殆尽。鼓风机流行于二十世纪八十年代初的乡村，形同农民日子趋向好转的风向标。烧火不再依赖柴火而升级为煤炭，做饭不再躬身拽拉风箱而改为半自动化，曾经俯身弯腰的家庭主妇，终于可以挺直腰杆，于是她们饱经沧桑的脸上，纷纷荡漾起欣然的笑容。

“的确良”的离身

严格说来，“的确良”并非土特产，而是舶来品，即所谓的洋货。

中国人接触洋货，虽然已近乎两个世纪，但在拖拖拉拉的时间段里，洋货或高居庙堂，或驰骋疆场，鲜有降落街坊乡野，介入寻常百姓的生活。尽管民间偶尔能瞥见洋火、洋布、洋蜡等身影，但它们毕竟尚属稀罕之物。二十世纪八十年代，随着国门渐开，洋货才如洪水猛兽那般汹涌而来，使自给自足的传统手工作坊，面临土崩瓦解的危局。

“的确良”是一种洋布。如果按洋布大规模进入中国的先后顺序论资排辈，“的确良”算得上是其中的老祖母。二十世纪七十年代中期，“的确良”仿佛从天而降那般，突兀地出现在中国的城乡，撩拨得每一个身穿粗布的男女，无比地心醉神迷。滑溜的面料，鲜艳的色度，即使折叠，也不会出现褶皱，阳光稍有挑逗，其肌肤便泛溢出幽微之光……在自闭的环境里浸泡日久，“的确良”的出现，仿佛天方夜谭里一则神话故事跌落人间，让人在惊叹之余，也手痒心痒地急于将其据为己有。望之养眼，穿之神气，在众星捧月中，“的确良”当仁不让地引领起了衣饰的新时尚，而且一领跑，就长达十余年。那时候的中国人，都误以为它是布匹里的贵族，都以能否穿得起它作为穷富的分界线。少女穿之以赶时髦，少男穿之以摆酷，壮汉穿之以显家道之殷实丰厚，主妇穿之以示身价之鹤立鸡群。

人与生俱来的攀比意识，在追逐“的确良”中表现得淋漓尽致。邻人有，我也得有，不然，我就头矮气短。于是一股竞相穿戴“的确良”的风潮，肆虐于大江南北，把每个人都卷进其中。老的穿，少的也穿；男的穿，女的也穿；坐办公室的劳心者穿，工地上风吹日晒的劳力者也穿……一时间，布匹的世界仿佛遭遇删减一样，其他布匹皆消失不见，唯留“的确良”一统江湖。谁若不合时宜地身穿其他面料，一定会遭人鄙夷，视其为落伍和寒碜。

然而很快，一个段子就在民间盛传：一位母亲赴日探望女儿，女儿在机场接到她后，目睹她一身上下皆为“的确良”，竟伤心得吞声悲泣。母亲不解，问其故，女儿据实以告：在日本，“的确良”属于最为低廉的衣物，与中国人眼里的麻袋片无异，稍有身份的人都不会穿它，只有那些饥寒贫民才将其裹于身上。日本人视纯棉纺织品为上等之物，而视化纤制作的“的确良”为低贱之物……怎么会这样呢？人们谈论起此事，一边唏嘘，一边把这个情节当作一则荒谬至极的笑料予以传播：日本人可真是有眼不识泰山啊！

这个无厘头的段子，尽管颇像凭空捏造，却依然引起中国精英阶层的警觉。无风不起浪，既然有这样的传闻，说不定还真有这样的事实。国门才裂开缝隙，国人中的大多数，才睁开蒙昽的睡眼，在强光的刺激下，带着好奇之心，趴在门缝里朝外张望，而对外部世界的了解，还主要依赖于传说。据传“的确良”的源头在日本，是从日本漂洋过海传入中国的，怎么会被孕育它的日本人无情遗弃？爱与恨，难道真如川剧中的变脸那样变幻莫测？然而很快，段子内容的真实性，就在少数出国者那里得到证实。当这些相对高端的人群明察“的确良”的真相后，率先把“的确良”悄然脱去，换上纯棉织造物。其他人渐次仿效，以至于最终，“的确良”无论是在服装商场，还是在人的身上，都消失无踪。

人的衣着，是与经济发展水平同步的。现在的中国人，哪怕是普通的中国人，其衣着，早已与发达国家同步共振。“的确良”的退却，纯棉纺织品的登场，佐证的，不仅是中国人衣着的日新月异，更是中国人精神的趋步向前。

“赤脚医生”的道别

银幕上的赤脚医生颇为洒脱飘逸，穿个白大褂，背个红药箱，仪表堂堂，脚步铿锵，俨然一副大义凛然的神情。

但在现实生活里，赤脚医生的样子远非如此。他们鞋帮沾泥，衣着简陋，面目沧桑而亲和，混迹于风吹日晒的村民中，让人很难一眼就将其认出来。他们，也许就是邻家的大哥，也许就是本家的堂嫂，或者就是某个村干部新娶的儿媳妇。

村村都有医疗站，凡医疗站，皆配有医务人员。这些怀揣农民户口本的半农半医者，谓之曰赤脚医生。这些号称医生的人，无一是从医学院或卫生学校毕业的，全都是被临时拉来当差的“杂牌军”。他们被送到乡卫生院或县医院培训三个月或半年，就返回村里给人医病。

一个赤脚医生，随身携带的注射器仅有一个。东家的老者病了，用它注射；西家的婴儿病了，用它打针。针管粗壮，管体的玻璃仿佛蒙了一层雾似的，很不透明，而针头的消毒，则完全有赖于沸腾开水的熬煮。给甲打完针，转身若要给乙打，就先将针头放入盛水的铝饭盒里，并把饭盒置于通电的电炉之上。饭盒里的水被烧开后，咕咚咕咚地翻滚着，针头在里面浸泡几分钟，就算消毒完毕。

有限的病理知识，使他们对病情的诊断，难免会失之于粗疏和简单。发烧，他们给出的结论不是呼吸道感染就是肺炎；头痛或流鼻涕，他们二话不说，就当伤风感冒来疗治。药箱里的药丸原本就稀缺，品种单一，于是哪怕病有千万，而药却仅用其一二种。最为走俏的当属感冒药，无论遇到什么病，都能像撒胡椒粉那样，施之于一粒一丸。

看病，像押赌注一般。押中了，病就痊愈；押不中，就自认倒霉。如此大而化之地诊治，误诊自然便像家常便饭。在那个穷困而又闭塞的年代，即使谁被误诊，甚至因误诊而亡，家里人既难以知情，也不会追究，只能认命。

赤脚医生并非真的不穿鞋，而是他们脚踩泥土，奔走乡野，与升斗小民相依相存。百姓一有病痛，他们就能应声而至。他们更像是现代人家里储备的小药箱，尽管在疑难的病症面前束手无策，但对快速解除人的头痛脑热，还是起到了及时雨的作用。

全盘否定赤脚医生，当然失之于公允；但极尽美化赤脚医生，无疑也有失于客观。术业有专攻，未经医学院的专业深造，未持久在医院进行临床实习，又怎能担当起治病救人的重责？行医不是农夫耕种，也不是厨师烹饪，谁都可以一试身手。比起世间的任何一项技术，医术对人的要求最高，也最为挑剔，原因则在于人命关天。医术不仅关乎于人的健康，而且关乎于人的身家性命，因此来不得半点含糊，更不能容忍滥竽充数的南郭先生的存在。机器修坏了，可以重修或更换，但人却不能死而复生。

赤脚医生，是应急的产物，是医生后继乏人的替补队员，必然会随着社会的富足而逐渐退隐。我们怀着虔敬之心，向他们远去的背影行注目之礼，但不可以因为怀旧情绪的炽烈，就再度召唤他们的回归。

馍袋的沦落

再也见不到馍袋了。

曾几何时，无论城乡，每个家庭的内墙上或木箱里，都挂有或塞有几个馍袋，以备出远门之用。就乡民而言，孩子上学要背馍，壮年人去远处造林、修路和修水利要背馍，甚至，连去逛街，也要背馍，于是一个个或大或小或实或虚的馍袋，仿佛形影不离的随从，总是耷拉在一个个男男女女老老少少的肩膀上。

馍袋不是从商店购买的，而是来源于母亲的手工缝制。那些缝衣时被裁剪下来的边角料，经过主妇一针一线地缝补连缀，就变成了一个个的馍袋。馍袋大多为临时拼凑之物，其颜色并不统一，有的是白色，有的是黑色，有的颜色发黄，有的颜色发蓝，有的各种颜色兼具五彩斑驳。

有的主妇没有大块的布料缝制馍袋，于是将各色小布片缝缀在一起，反而使一个馍袋呈现出斑斓的色度，几乎能迷醉人眼，歪打正着地使其更具有艺术的品相。

馍袋的口袋是闭合的，里面时常藏匿着一个家庭的家底。贫穷还是殷实，只要掰开馍袋朝里望上一眼，就能心中有数。对于母亲来说，对出远门的孩子总是非常优待，哪怕居家的人吃糠咽菜，也要为奔赴远方的孩子，竭尽所能地放入最好的食物。尽管如此，有的馍袋里，装着雪白滚圆的馒头，而有的则装着泛黄的玉米糕或发霉的黑馍蛋；有的更为寒碜，或是一掬炒面，或是一团野菜拌成的菜疙瘩。

有食物可背，即使食物极其粗糙，也算不上太过凄惨。最惨的是馍袋张开，像一个干瘪空洞的嘴巴，竟无东西往里填充。

背上馍袋起程，在晨曦中，在寒风里，总能让人想起母亲往馍袋里塞馍的那只颤颤巍巍的手，以及望着馍袋的那两束充满怜爱的目光。表象上，馍袋里装进去的是馒头，但其实，却是母亲不舍的深情，是母亲无言的牵挂，是母亲殷切的叮嘱。随着日子的推移，曾经热腾腾的馒头已经变凉，已经僵硬，但母亲渗透于馍中的爱意，却依然滚烫和柔软。

我是在背馍中长大的孩子，那个用粗布缝制的鼓鼓囊囊的馍袋，一次一次地被我背在肩上。朝阳或夕阳，将我晃动的影子拉长或缩短，使我的孱弱之躯，与故乡渐行渐远。去荒原造林，我背着馍袋；去深山修路，我亦背着馍袋；去矿井贩卖桃子，我还是背着馍袋；去参加高考，我依然背着馍袋；去另一道塬上求学，我更是背着馍袋，三天一个来回。能借到麦面，母亲绝对不会让我背玉米馒头去学校；但多数情况下，母亲跑遍全村，也只能夹着空碗出门，又夹着空碗返回，无奈的她，只好以玉米面为食材，为我蒸馍和烙饼。母亲的厨艺，被很多人称道，但应验了巧妇难为无米之炊的道理，母亲对儿女尽管有喂养之心，却无喂养之力。在仅有玉米面可供选择的情况下，她采用烙饼的方式，致力于改善我的生活——烙饼，是她能力之内，所做出的最大努力，所能采取的最佳措施。

玉米面烙饼趁热吃口感尚且不错，比玉米面馒头好出几许，软软的，带点隐隐的甜，又带有淡淡的酸。但吃多了，肚子依然会闹情绪。抗拒最为剧烈的是胃，胃觉得自己受到了虐待，便以泛滥酸水作为报复。那一股股的酸水，一阵阵地从喉咙涌动而出，充溢于口腔。很多次，正在上课或正在背馍途中的我，受之于酸水的折磨，不得不避开他人的耳目，俯身低头十几分钟，任凭口中的酸水，丝丝牵牵地流泻。

背馍的悲苦，伴随物质的丰盈充足以及国人生活品质的节节拔高，终于画上了休止符。无论穷富，没有谁再会背着馍出外了：远路求学的孩子不会，浪迹天涯的打工者也不会。不背馍，相应的，馍袋也就失去了用途，从而渐渐消失。取而代之的，是各等造型别致精美的大小皮包，其中有用于炫富的手提包，有用于旅行的拉杆箱等。

比起现在的各式背包来，馍袋是土气的，是灰暗的，是毫无审美价值的。但它却为那些出门在外者，提供了饮食之需，因此其功绩也是可歌可泣的。

织布机的散架

文人虚浮的笔下，时常带有浪漫主义的幼稚，以想象替代现实，以幻影覆盖生活，因此其对事物的描述，很容易失之于夸张，并非那么可信。其中，最有蛊惑性和煽动性的，莫过于“男耕女织”这一词组给人的暗示和误导。男人耕地，女人织布，这等自耕农式的自食其力的劳动场景，被那些“四体不勤五谷不分”的闲适文人，渲染成一幅无比曼妙的景致，并为其披上一层诗情画意的朦胧面纱，引诱得后世患有同等幼稚病的人，无不对其心驰神往。

耕为何？耕种与收割也！织又为何？纺线与织布也！耕种与收割，属于典型的苦力活，是要汗流浃背的，是粒粒皆辛苦的。而纺线与织布，则常以透支健康和折损生命为代价，是要点灯熬夜的，是要腰酸腿疼的。

在昏黄的油灯之下，在万籁俱寂的漆黑之夜，本就劳作了一整天的家庭主妇，即使再疲累不堪，都不敢卧炕歇息。形容憔悴的她们，眉头流荡着困倦，眼角充溢着血丝，额头悬挂着忧愁，皱纹掩映着忧郁。她们，或盘腿坐于纺车前，右手摇着纺车的手把，左手从棉花中颤颤悠悠地牵出一根一根的白线；或躬身坐在织布机前的横档上，一手穿木梭，一手拉织板，两只脚还要不停歇地依照节奏踩脚踏板。

纺车的嗡嗡之声，像无尽的催眠曲，使她们一阵阵地陷入迷糊当中；但等恍然清醒过来，她们所做的，不是听从于生物钟的召唤，收拾摊子上炕睡觉，反倒是一脸的慌张，满心的自责。用粗糙的手掌抹一抹脸庞，使劲睁一睁打架的眼皮，她们就又重新摇起了纺车。一家老少能否夏有薄衣，冬有厚袄，脚有鞋袜，腰有系带，都眼巴巴地寄望于她们废寝忘食的纺织。吃饭与穿衣，宛若两座大山，沉沉地重压在心，她们哪里敢有丝毫的懈怠和放松?

比起纺线，织布显得更为复杂和艰辛。纺线劳烦的仅仅是两只手，尽管动作无比单调，但并不烦琐；然而织布，则需要手脚并用，全身心地投入，不能打盹，亦不能走神。面对一架由各等木棍木条纵横勾连而成的庞大而高耸的织布机，坐在其前方下端位置的她们，在微弱而朦胧的光影里，宛若一只被绳子拴住的落魄斑鸠。一道绷带，裹缠于腰间，于是她们就与织布机，连缀为一个不可拆分的整体。脚踏板发出的咣当声，织布机的晃杆一张一弛发出的咯吱声，以及织板发出的碰撞声，像演奏打击乐一般，此起彼伏，隔壁屋子里的人，睡梦都会被敲击得七零八落。

一个一个的黑夜，就这样被纺线与织布的响声穿透。当东山上的晨曦隐隐初现，那些通宵无眠的无光眼神，被朝霞般的红云笼罩。精疲力尽的她们，倒在炕上囫囵吞枣地浅睡一会儿，就又起身投入新一天的忙碌当中。

自小穿着粗布衣长大的我，目睹母亲日复一日的疲累，无不感到揪心的疼痛。因此，便对那些渲染男耕女织之类的煽情文字，滋生出极为抵触与鄙夷的情绪。纺织，不是童话，没有诗意，唯有久坐不动造成的关节错位与疼痛，唯有睡眠不足造就的身体损伤和精神恍惚。从拾棉花开始，历经弹棉花、搓捻子、纺线、织布等多道程序，当一件成品衣服被一针一线地缝制而成，其间的汗滴已汇聚成一条咸涩的黄河。

据说华夏子民的织布技艺，是由黄道婆传授的。在那个文明之光初现的蛮荒年代，织布机无疑是一项相当了不起的发明。但两三千年后，这项创举，竟原封不动地停留于最初的状态，未曾得到任何改进，不得不令人深感惊讶。也就是说，数千年里，我们这个民族的着装，一直是在依靠一代一代母亲的手工来打造。直至二十世纪的中后期，家家户户，依旧皆拥有一架织布机，不然，家里人的身体就会裸露在外。那时候，尽管洋布已隐约可见，但唯有布票才能购买，也唯有手头宽裕的人家才能穿戴。大多数在贫困的深坑里挣扎的人，依然有赖于母亲的纺织与缝制。从衣服，到鞋帽，甚至连裤带，均产自于织布机——从这个角度审视，母亲劳苦功高，织布机亦是功莫大焉。

“看夏”民俗的消隐

“看夏”，并非如字面呈现的那样，是“看夏天”，而是“夏天看”。“夏”在这里，仅是一个表达季节的定语，而非宾语。

看谁呢？看亲戚。

收麦，碾打，颗粒归仓。一番近乎苦役般的高强度昼夜劳作，总算可以暂告一个段落。稍微松弛下来的农人，在歇息之时，女儿来父母家走走看看，父母到女儿家走走看看，姐姐去妹妹家走走看看，妹妹往姐姐家走走看看……久而久之，便固化为一项约定俗成的民俗。凡民俗，就带有不可忽略性，到此节点，每个人都会遵照执行。该民俗，谓之曰“看夏”。

看亲戚的什么呢？一看身体是否安然无恙，二看今夏的收成究竟如何。

在“出外靠走，通讯靠吼”的年代，散居于不同村落的亲

背上馍袋起程，在晨曦中，在寒风里，总能让人想起母亲往馍袋里塞馍的那只颤颤巍巍的手，以及望着馍袋的那两束充满怜爱的目光。

戚，想要了解彼此的真实状况，并不容易。大事小事，甚至哪怕仅说一句话，仅见其一面，都要亲赴其家。对沾亲带故者的牵挂、思念、担忧，以及需要排遣和诉说自己的无聊、苦闷等，皆会成为去往亲戚家的理由。

农事，是按节令渐次而为的，时而紧张，人像被抽打的陀螺，高速旋转，一刻都不得停顿；时而相对松懈，人像迷迷瞪瞪的敲钟和尚，无精打采，敲几下算几下。如果把一年的农活比作绵延的群山，那么，夏收就是其中最高的喜马拉雅山。翻越过夏收，个个都精疲力竭，于是他们就自己给自己放假，找个借口闲散几日，用以身体的休整和心理的调适。

农人的交际圈极其封闭，只与熟人发生关系，而罕与陌生人交谊。所有的交集，不是邻居，就是亲戚。比邻而居的邻居，本为世代相伴的伴侣，但因墙根地盘之类极易挑起纷争，于是时常陷入“以邻为壑”的冷战或热战之中。相比之下，唯有亲情的纽带更为牢固。于是走亲戚，就化为农人传递爱意的行为艺术，又化为农人消除寂寞的精神娱乐项目。

利用“看夏”放松放松自己，与亲戚拉拉家常，一则让亲戚感觉到你眼里有他心里也有他，从而促进亲戚间的关系更为密切而热乎。亲戚像镰刀一样，镰刀越磨越快，亲戚越走越亲。镰刀持久不磨，就会生锈；亲戚疏于往来，就会陌生。懒得走动的亲戚，即使在血缘上无比地贴近，也难解心理上的遥远。二则享受清闲却不必心怀歉疚。用农人自己的话说，他们天生就是“下苦的坯子”，似乎一日不去地里流汗，就是失职，就是有错有罪，就会被外人狠戳脊梁骨。而走亲戚，却能让自己的负罪感有所解脱。

手腕上挎个提货子（走亲戚专用的木匣，用以放置礼品），里面搁着两个花卷馍，就去“看夏”。今天你到他家，过三两天他到你家。早晨赶到亲戚家，吃过早饭，坐聊一大晌，聊收成的厚薄，聊猪羊的肥瘦，聊村里东家的小伙子，聊西家的疯婆子……聊到太阳西斜，午饭完毕，便起身踏上归程。那个年月，再远的路，都有赖于腿脚的辛苦。当然，有个别家境稍好的人家，或骑毛驴，或坐驴车，或骑自行车，也可以省却远足之劳。

“看夏”之所以盛行，还有另一个难以言说的隐衷，像窗户纸一样，被小心翼翼地维护着，人人皆心知肚明，但又装得一本正经，不肯将其捅破。隐衷为何？答案是蹭饭。粮食刚归仓，再穷的家庭，至少暂时锅里都有米。

能吃饱一顿就好受一顿，能吃别人一顿就能给自己节省一顿。挨饿，或半饥半饱，唯有亲历者，才深知其中的刻骨铭心。

后来“看夏”越来越不被人重视，乃至于彻底从民间悄然消隐——“看夏”的陨落，显示的，既有生活富足的一面，也有亲情实用化的一面。要吃有吃，要穿有穿，一顿饭，再也吊不起人的胃口。人际间的相互需要减弱了，依存度也会随之降低，从而也使亲戚间原本的紧密关系变得越来越松弛。亲戚，不再是简单的血脉纽带，而是集逐利和攀附等多种因素纠缠在一起的相互帮衬和利用。没有实用价值的亲情，薄如纸，脆若冰，一撕就破，一磕就碎。这样的亲情态势，致使“看夏”这一民俗，犹如初春的积雪，经不住日晒，很快就消融蒸发。

“胡基”的日薄西山

我家乡的人，把土坯叫作胡基；把制作土坯，叫作打胡基。

一个“胡”字，便让我对土坯的来历，无端地生出怀疑：它是外来之物吗？众所周知，在古代的中国，凡舶来品，都要前缀一个“胡”字，以示与本土物产的区别。那时候的“胡”，相当于后来“洋火”（火柴）、“洋碱”（肥皂）的“洋”。

土坯对于我，实在是再熟悉不过了。在三四十年前的乡镇，胡基还满目可见，打胡基亦是乡民们习以为常的一项事务。盖房砌墙，要用胡基；砌炕盘灶，要用胡基。甚至，垒个鸡窝，筑个猪圈，都要用到胡基。在砖头还物以稀为贵的年月，胡基在勉力充当着砖头的替身。也许在明光闪闪的玻璃面前，砖头形若褴褛的乞丐；但在土色土质的胡基面前，砖头却仿佛趾高气扬的新贵。

打胡基，仅凭一家之力，是很难完成的，需要吆喝亲戚或邻居从中搭把手。帮忙的亲邻，不计报酬，管顿饭就足够。打胡基，因为是重体力活，因此对人的身体条件有着特别的要求：一是男性，二是身强力壮。女性以及老弱病残，绝然无法担当此任。打胡基的最佳人选，无疑是那些强壮的男子，他们举起酒瓶喝酒如同灌水，一顿饭吃掉三老碗干面条，头一挨枕头就鼾声如雷。其因在于，“打胡基”，不单是个技术活，更是个十足的蛮力活。

“打胡基”的前期准备，第一个要做的是泡土。挑来一担担的水，浇湿一块离家不远的边角地，使地的土质由干硬而渐渐变得湿软。在其旁边，聚起一小堆土，用脚掌踩踏硬实，然后搬来一块专用的青石底座，将其压在小土堆上。之后，再拎来锤子、扛来铁锨、提来框模等。如此这般，“打胡基”便可以开场了。

土要绵软而纯粹的黄土，不能含有砂砾；还不能太干，干了不粘连；但也不能太湿，过湿成泥，又软塌塌的无法成型。土最适合的状态，就是湿而不粘，干而不燥。

青石底座呈长方形，很厚重，很坚硬，历经石锤的千砸万砸，却不裂纹，不破碎。青石的表面是平滑的，摆放成前低后高的倾斜状。框模是木制的，其状颇像一个取掉玻璃的大镜框，只是比镜框更为结实。

打胡基属于“二人转”，即唯有两个人配合默契，才能将其完成。如此分工明确的合作，颇像相声里的捧哏和逗哏，一人唱主角，一人当配角。打胡基时，配角立于底座一旁的地面，负责铲起湿土，往框模里填送；铲两锨土，刚好能把框模填满；而主角，则高高地站于底座之上，动作比起配角来更为繁杂，也更为手忙脚乱，既要用脚将框模的土踏平，又要将多余的土踢出框外，继而双手提高石锤，在框模里锤砸。制作一个胡基锤砸多少次，以及锤砸哪个部位，皆有固定的套路，并非可以随心所欲。操作不熟练的人，稍有不慎，石锤就有可能偏移而砸向自己的脚趾。一重锤下去，脚趾有可能红肿数十天。

锤砸完后，用脚将框模的机关蹬开，一块成型的胡基，便像新生的婴儿脱离母腹那般地降生于人世。初来乍到的胡基，湿润润的，堪比刚蒸出锅的蛋清，只敢轻取轻放，不敢毛手毛脚地重重搬移。拿捏好力气的大小，小心翼翼地抱起它，将其完好无损地摞到胡基摞子上。若用力过猛，它就会糟烂成土渣。抱胡基和摞胡基，貌似简单，实则含有很高的功力和技巧。一摞湿胡基，风吹日晒七八天，才能干透并被使用。

从旭日东升到夕阳西下，两个人拼死拼活地不停歇，才能打出一摞子胡基，而盖三间土坯厦房，最少也要十几摞胡基。胡基，与其说是手脚并用打出来的，毋宁说是用汗渍腌制出来的。那些打胡基的男性，因为过度出力而满身汗气腾腾，在躁热难耐时，动辄就将上衣脱去，露出被日头晒得黝黑的上半身。一条条汗水的小溪，在太阳的暴晒下，扭捏着，明溜溜的，像诸多的蚯蚓在肌肤上蠕动。

社会的富足，使众多的老物件遭遇淘汰，而陪伴华夏族裔许久的胡基，也难免日薄西山。胡基在一些古旧的原始村落，还一息尚存，但在稍微有所进化的区域，却已难觅其踪。

升斗的消失

有一个词组，曰“升斗小民”。升斗二字，在这里表达的意思，颇具多重性：一是微小，二是寻常。当然，还有贬低他人或自我贬低的感情色彩弥漫于其中，其弦外之音是，作为“劳力者”的庶民，绝然不能像展翅的雄鹰那样遨游九天，只能做胸无大志的小鸡，专注于在墙根草屑中刨食，对社会气象的风云变幻，既无力关心，也无从知晓，更无资格参与。

升与斗，本是在农耕中国存续许久的计量器物，为木匠手工制作的木制品，呈不规则的立体方形。斗的底盘与端口，尺寸差不多等同，但其腰部，却缓缓而隐隐地外拱。也就是说，其两头小而中间大。升与斗不同，底小口大，其状宛若现今人们举在手里的方形茶杯。

升在斗面前，自惭形秽，属于典型的小字辈。如果斗是班长，而升，充其量是战士；如果说斗是大象，而升，最多只是羔羊。十升等于一斗，十斗等于一石。石，为计量江湖中的老大，高坐云端，类似于层级分明的计量金字塔中的帝王，独霸天下……这样的计量模型，形成于秦汉时期，并早已格式化，延续两千余年而岿然不动。

街市的买卖，常用的度量衡是秤；但在习惯于以物易物的乡野，在粮食的交易或互借中，升斗则大行其道，犹如人进食的碗筷，须臾都不能缺席。佃户租来地主的土地耕种，约定的租金，是一亩地向地主缴纳三斗或五斗粮食；家里断炊，要向亲戚或邻居借粮，也是拎一个斗或拿一个升子前去敲门，声称要借几斗几升，而不是几斤几两。

在我年少之时，斗与升还随处可见，为每家每户的必备之物。夏收或秋收之后，想要搞清楚收成究竟如何，都要将那些碾打的麦粒或剥离的玉米粒，揽入斗中，一斗斗地衡量。过一斗，用木棍在地上画一道；再过一斗，再画一道……道画多了，人的脸就晴朗了；道画少了，人的脸就阴沉了。

那个年月，挖地靠镢，砍柴靠镰，锄地靠锄，碾场靠碌碡，最为现代化的生产工具，不过是两个皮轮的架子车……每一个从播种到收割的轮回，无不殚精竭虑，汗流浃背。然而粮食，却时常像无悲者假惺惺的眼泪，即使再努力，也挤不出几滴来。粮仓空空荡荡，炊烟气若游丝，那些蜡黄面孔上贫弱的眼神，闪烁着食欲的火苗，仿佛瞥见一只飞蛾，都想扑上去将其吞咽。

吃了今天没明天，吃了上顿没下顿，于是向亲邻借粮，犹似家常便饭。你借我家的米，我借你家的面；你借我家的小麦，我借你家的玉米等，借借不已，还还不休。而借与还，都是以斗和升为计量单位的。

宽厚的人，懂得感恩，在借到他人一斗粮或一升面后，自己归还时，执意要给升斗“戴帽”——借时，粮食与升斗的端口持平，但偿还时，却要让粮食像山尖一样从升斗冒出。但奸滑之人，总是图谋着贪占他人的便宜，借时信誓旦旦，指天发誓，动听的言词若蜜汁流淌；偿还时，却耍起小聪明，玩起小把戏，绞尽脑汁地在升斗上暗做手脚：要么故意将粮食装不满，要么将面粉抖擞得很是虚浮，要么家里暗藏一个特制的升斗，用大斗大升借，用小斗小升还……世间百态，人心薄厚，一个升子一个斗，就能将其悉数掂量。

升与斗，陪伴华夏走过山重水复的漫漫之旅，也验证一个古老族群遍尝苦痛却生生不息的坚韧之志。斗和升，盛过粮食，也盛过岁月；盛过满足，也盛过失落；盛过欢欣，也盛过叹息。当日夜的辛劳，仍填不满升斗；当人生的全部内容，仅简化为填充饥肠辘辘的肠胃……人活着的所谓幸福，便虚化成了天边的云锦，看得见，却永远抓不住。

忽然之间，现代科技催生出的电子秤，犹如粉墨登场的绝色新欢，搔首弄姿，扬臂伸腿，硬生生地将“年老色衰”的旧爱升斗，逼向退无可退的墙角，逼下计量的舞台。如今，在偏远的农村，升斗也已被弃之不用。即使偶尔在某个角落瞅见它们的身影，它们也是一副肝肠寸断的模样，仿佛有许多的委屈急于向人倾诉，却有言无口。它们老了，疲惫了，身上落满尘埃，心里降落霜冻，让人十足地怜爱。但无论如何，曾为我们效力，并为我们坚守过公平的它们，至少，我们是不该将其从记忆里抹去的。

烟锅的隐匿

那个年月，凡成年男性皆抽烟。不抽烟者有没有？有，但极少，且总受人嘲笑。如果一堆男性聚在一起抽烟，而其中的某一位袖手旁观，不但极易引来他人的斜目而视，而且难免要给人落下生理或心理异常的嫌疑。

抽烟是男人的标配，能抽则抽，不能抽也要逼迫自己抽。最初不喜不善抽者，抽着抽着，也就上了瘾，最后不是人在抽烟，而是烟在抽人——人从烟的支配者，彻底失去自我控制能力，变成烟的奴仆。烟瘾发作时，为抽其一口，奴颜婢膝地给人下跪也行，把人叫爷也可。

都在抽烟，但烟的档次，城乡却泾渭分明。城里人的嘴角叼根纸烟，而农村人的嘴里却噙一根长杆烟锅。一包纸烟，贵者三四毛钱，便宜者八九分钱。这等价位，之于从天明干到天黑，累死累活，一个劳动日才可怜巴巴值一两毛钱的农民来说，无异于瘸腿之人奢望攀爬喜马拉雅山。望洋兴叹之余，就自降身段。纸烟，那是洋玩意，只配那些穿着洋气的人用来摆阔。作为土包子，与祖先发明的烟锅相依为命，依赖它来驱逐烟瘾，既实惠，也算不上丢人。

烟锅之“锅”，听起来挺吓人，但其实，它仅为一个小勺，而不是一个大锅。它体态微小，只有半个核桃壳那么大。单纯一个烟锅，并不能满足吸烟之需，还得有其他辅助性的构件，比如烟杆、烟袋和烟嘴等。

烟锅位于烟杆末梢的位置，距嘴唇有一尺之远，其目的，就在于当烟末燃烧时，不至于烫及唇舌。而烟嘴，位于烟杆的最里端，像奶嘴一样地供人吮吸。连接烟锅与烟嘴的，是烟杆。烟杆一般为木制品，呈芦苇状，外形浑然而内里虚空。噙住烟嘴狠抽一口，烟锅里的烟，通过烟杆，抵达并弥漫于人的口腔。

讲究的人很讲究，不讲究的人不讲究。讲究的人，用的是铜烟锅、玉烟嘴。当然，就铜和玉的品质而论，无疑属于废铜劣玉之类。尽管如此，拥有者，却也自我感觉无比良好，时不时地要将其高举半空，鼓捣三寸不烂之舌，向人炫耀。不讲究者，为铁烟锅、石烟嘴。铜烟锅不易锈，抽上一阵子，一经擦拭，便明光透亮；但铁烟锅却不同，即使再用力擦拭，依旧又锈又黑，像是从烟囱里扒拉出来似的。一个铜烟锅，市场售价一块五；而玉烟嘴，地摊上仅卖一元钱。这样的价格，在农民眼里，也是相当昂贵，于是一旦有亲邻馈赠一个铜烟锅或玉烟嘴，自己便视若珍宝，并对施舍者千恩万谢。

烟叶源于自行种植。在自留地的边角，腾让出巴掌大的一块地盘，栽植十几株烟草，只要风调雨顺，就足够一年享用。烟草被称作旱烟，但并不耐旱，过些日子就要挑担浇水。秋末采摘烟叶，烟叶像芭蕉扇一样宽大。将烟叶摘下来，扎成一捆背回家，一片片地泡入水中，然后捞出来晾晒，直晒得枯干发黄，再收起来放置到阴凉干燥处留待慢慢取用。烟叶不能发潮，一旦霉变，就得作废。

下地干活，或出门在外，烟锅与烟袋，与身体须臾不可分离。烟袋和馍袋一样，被烟叶的碎末塞得鼓鼓囊囊的，而烟末，则形若成年男性的第二种粮食。干累了，走困了，就蹲在地畔或路边，抽上一锅烟，给疲惫不堪的自己解乏和鼓劲。

没有火柴，更不知打火机为何物，点烟用的是火镰。何为火镰？其实就是两块能擦出火花的特殊石头。石与石猛然相磕，喷溅出点点火星，火星引燃敷在石上的棉絮。拿冒烟的棉絮按在烟锅上，就能将烟末点着。

未经烤制的生烟，味道极其生猛，抽惯了纸烟的人，绝然无法招架。很多人一边涎水溢流地抽烟，一边歇斯底里地咳嗽，天长日久，牙齿是黑的，舌头是黑的，嘴唇是黑的，估计就连肝肺，也黑似煤炭。那个年月，人的寿命普遍偏低，而男性尤甚。短命的原因，除却营养不良和劳累过度外，无疑还与长期抽这等粗劣的旱烟有关。

抽旱烟者，皆为底层的劳苦大众，而上等人抽烟的姿势，远比他们要优雅许多。欣慰的是，随着社会变得富裕，底层人也扔掉手中的烟锅，改为抽纸烟。虽然他们的纸烟，尚属低端产品，一包烟不及人家的一根烟贵，但无论如何，比起自己的过往，也算是“土枪”换了“洋炮”。

褡裢的不再相见

提起褡裢，年长者很熟悉，年轻者很陌生，足见褡裢的灭失已非一日两日。事实的真相是，褡裢的寿命长达千余年，而它遭到遗弃，不过短短的一二十个春秋。

褡裢为何？简单地说，就是两个大布袋的组合体。相对较大的两个布袋，用一块结实的系带予以连缀，就是一个浑然一体的褡裢。褡裢皮粗肉糙，由厚墩墩的特制粗布缝制而成，刺棱蹭不破，尖角戳不穿。

褡裢是农耕时期中国人极其重要的载物工具，其用途体现于多个方面：上街采购日用品要用它，长途贩运离不开它。

很多人一提起古代的商人，就满脑子云雾缭绕的幻景，似乎这些被白居易斥之为“重利轻别离”的谋利之徒，走南闯北，吃香喝辣，动辄卷入艳遇弄出绯闻，日子过得既风光无限又蜜甜无比。但真实的情况，并非这么美妙。所谓的商人，不过是一些迫不得已的出外谋生者，他们只是利用同一种物品在不同地域的差价，赚取一些辛苦费而已。每一块铁铸的“通宝”，都被汗渍浸湿。其主体人群，大多亦耕亦商，一只脚踩在地垄里，一只脚踏在长路上，农忙时躬身耕耘，农闲时穿梭贩运。说透了，他们就是一群刚刚扔掉镢头的二道贩子。那些“走西口”之类的民歌，蕴含着漂泊的无奈，表达着离别的哀伤，无关热闹，无涉喜乐。

商人们把南方的织造品北运，或把东方的土特产西送，在出发前，都要做一番精心的准备：一是给将要陪伴自己出征的骡子或毛驴实行特供，多加优质饲料，以使其吃得膘肥腰圆，唯有如此，它们才能承受负重远行之累，并避免于中途病倒；二是要准备干粮，比如烙饼、咸菜等。烙饼烙成一沓，烤得硬若干柴，以防止其腐烂发霉；三是挑选一个褡裢。褡裢要宽大，要皮实，既能多装货，又不被货物撑得撕裂。

这样的商人在民间被称作脚夫。脚夫，以跑路为业者也。脚夫的每一回远足，都是一次冒险之旅，除了腿困脚肿、口干舌燥、寂寞孤独外，还要面临各种挑战。路况很差，尤其是大山深处用铁锹刨挖的路径，崎岖狭窄，凹凸不平，遇到下雨和落雪，脚下打滑，稍有不慎，就有可能跌落悬崖。山林是野兽的地盘，虎狼出没，野猪成群，如果没有一套有效吓阻和自卫的办法，估计连尸骨都难以保全。除过这些，还要提防土匪的拦路打劫。几乎每一处山高皇帝远的蛮荒之地，都有手持长刀、腰别短斧的土匪安营扎寨。土匪本为草民，或因犯案受到官府的追究，或因穷困潦倒无法养活自己，或因性情懒惰不愿垦荒种地，于是纠集在一起，靠打劫来养活自己。脚夫是土匪主要的打劫对象，一则他们远离家乡，势单力薄；二则他们手中有货物，兜里有银两。不少脚夫，因常在某条道上经过，与土匪不打不相识，一回生二回熟，既成了朋友，又有了约定：破财免灾，每次路过，缴纳一定数额的买路钱，彼此便相安无事。但一些初涉此道的新人，因不懂行规而竭力反抗，就很有可能被土匪伤害；严重的，也许会财散人终。

即使路途风平浪静，但依赖双脚翻山越岭的漫漫孤旅，仍然令人刻骨铭心。赶着一头骡子或牵着一头毛驴，孤寂地行走，太阳暴晒着，雨水浇淋着，泪水与伤口，都要靠自己擦拭和舔舐。饿了掏出饼子啃几下，渴了掬起流水饮几口，实在觉得太过憋闷和乏味，意欲倾诉和发泄，就把骡子或毛驴当作能听懂人话的伙伴，冲着它们絮叨一番或咆哮一顿，或把旷野当舞台，纵情吼唱几首酸曲——真见了女人恐怕拘谨得连手都无处摆放，但此时却胆大包天，无所顾忌。诸多“带色”的民歌雏形，都是苦闷的脚夫率先哼唱起来的。实在走不动了，就在客栈休整。进了客栈，吃一碗热饭，饮几盅小酒，泡一泡脚，伸展伸展懒腰，荡涤身上的疲惫和心中的雾霾。

褡裢装着货物，搭在骡子和毛驴的背上。骡子和毛驴驮着货物，过于疲累了，就要赖不前，或嚎叫两声，但褡裢，却一路沉默，并不离不弃。

难闻拨浪鼓之声

货郎，用现在的话说，就是流动的小商贩。

街市里，商铺林立，货郎无以插足，于是他们转移阵地，将目光转向黑灯瞎火的偏远乡村。旧时的村落，哪怕再像摊开的煎饼一样阔大，都难觅店铺的踪迹。店铺缺席，与农人守旧的观念有关。在农人的思维板块里，无论干哪一行，务必要专心致志，不可身在曹营心在汉，铁匠打铁，木匠锯木，扛枪的练兵打仗，种地的播种收割，皆须各守本分，蛤蟆不能吃过界畔，猫头鹰粗犷的嗓音不能佯装百灵鸟甜美的歌喉……也就是说，以产出粮食为己任的农人，若疏离土地，从事商品倒卖，注定会被人视为不务正业，仿佛母鸡不下蛋却模仿公鸡打鸣那般。商人地位低贱，即使一袭绫罗绸缎，在农人的眼里照样脸上无光，似乎他们腰包里的每一个铜板，都沾满了污渍。在社会主流的观念里，无奸不商，因此凡经商者，皆是对圣贤古训的违逆。圣贤告诫在红尘里浮游的衣食男女，要循理持义，要守节疏利，于是大众就将为谋利而起早贪黑的商人打入另册，树为反面的样板。

逐利是可耻的，但不逐利可以吗？现实的答案当然是否定的。别说升斗小民，即使是那些以先知自居的圣贤，谁又能修炼至抛却吃喝拉撒的境地？

没有店铺的乡村，吃穿用度难免短缺。于是货郎，就像裁缝手中的补丁，将这一漏洞予以缝补。

两个货筐，一根扁担，一个拨浪鼓，组合成货郎的标配。出发时筐子很沉，但走着走着，就越来越轻。筐子里装着货物，大多为小物件，杂七杂八，零零碎碎，从针头线脑到辣椒碱面等，包罗万象。

筐子被货物塞满，货郎的脊梁被担子压弯。沉实的担子压在货郎的肩头，货郎走向哪里，就得把担子挑向哪里，在这个村子叫卖完毕，又急忙挑起担子赶往下一个村子。从晨曦乍现，到暮色苍茫，货郎的双脚，踏遍塬上的十几个村寨后，才拖着肿胀的双脚，一瘸一拐地踏上归程。无车辆可乘，无毛驴可坐，所有的长路短道，都有赖于腿脚的辛劳。

货郎最为显著的标记，就是那个拨浪鼓。那个微型小鼓，巴掌般大，一前一后各拴一根垂吊的短细绳子，绳头则缠着一粒磨得光滑的小石子。鼓的下方，是一根半尺长的把柄。货郎举起把柄，转动摇晃，绳端的小石子便像受到惊吓似的乱飞乱撞。小石子敲击着鼓面，发出嘣嘣的响声。在幽静的村庄，这样的声音，之于那些空闲的耳朵，既格外地嘹亮，又无比地熟稔。于是大伙儿都知道货郎来了，并纷纷出门围观。

货郎在摇动拨浪鼓的同时，又摇唇鼓舌，扯长嗓子高喊几声，以吆喝来更多的买主。货郎的叫卖声，在村民听来，阴阳怪气，像嘴里含着一枚核桃在呜哩呜啦，像唱，却又像念白；像念白，却又像唱。反正，货郎腹内，藏有一套早已拟就的台词，走南闯北，都是同一个腔调和串词。

货郎是妇女与孩子的最爱，也总被妇女和孩子团团围住。孩子的舌头舔着嘴唇，眼珠围绕着挂在筐外的豆豆糖打转转，馋得差点儿要流出口水。那些豆豆糖，比黄豆略大，有绿的，有黄的，有红的，五颜六色，一毛钱就能买十个。但能掏出一毛钱的人，却极其稀有。“土豪”的家长，数着孩子的人头，一人给买一个豆豆糖，那就是对他们的巨大赏赐。孩子吸吸溜溜地把豆豆糖塞进嘴里，咂摸咂摸，顿觉甜味浸骨，迟迟舍不得下咽。妇女们则挑挑拣拣的，无论买与不买，都要把货郎的货筐悉数翻腾一遍，拿起这个看看，举起那个瞧瞧。没钱买，过过眼瘾也能止住心慌。想买的人纠纠缠缠地讲价，为一分二分钱与货郎磨牙不休。她们半腰猛砍式的砍价方式，时常把货郎气得抖手跺脚，直至货郎宣称不卖了不卖了，收摊要走，王家的婆婆才肯掏钱买一缕丝线，李家的新媳妇才肯咬牙买一个发卡。男人们蹲在不远处抽烟，佯装一副漫不经心的样子，实则目不转睛地朝这边瞅着，唯恐遗漏任何一个可以作为谈资的细节。在他们看来，货郎不仅是卖货的，而且是卖艺的。死气沉沉的村庄，贫乏无趣的生活，仿佛唯有货郎，才能将其一并激活。

路上已无架子车

当今不少年轻人，对架子车这一运载工具几乎闻所未闻。然而往前追溯二三十年，架子车依然还在乡间的土路上来往穿行，与乡民的生活亲密得难解难分。甚至在城里，它那邋遢而土气的身姿，也遍地可觅——那些出售农副产品的城郊农民，时常天不亮，就躬身拉着一辆辆满载蔬菜、瓜果和粮油的架子车，汗流浃背地赶来城里。他们找个人流熙攘的街角，把架子车横着一摆，就扯长嗓子吆喝着叫卖了。那时的街道里，尚无城管，起早贪黑的农民小贩，尽管难免被烈阳晒得皮肤黝黑，被寒流虐得面目憔悴，但至少，不会像老鼠躲猫那般提心吊胆。

架子车的故乡在农村，主要的用武之地也在农村。在流光溢彩的城市里，架子车形容枯槁，显得极为粗糙和落伍，但在风气淳朴的乡野，它俨然就是先进生产力的代表。没有哪件农具，比它更具现代的属性。两千年里，中国农耕的模式，一直在原地踏步。汉代的牛拉犁，延续至二十世纪末，历经数十个朝代的更迭，竟都未能将其原有的形态撼动。相比之下，在“西风东进”暗潮的荡涤中，曾经作为地位和财富象征的木轱辘牛车，倒率先迈出勇敢的一步，脱胎换骨成了橡皮轮胎的架子车。牛车服务于小众，而架子车则效力于庶民，因此，就其情怀而论，更为宽厚和博大——千万别小瞧这一貌似微不足道的变化，事实是，从牛车到架子车，近乎于一场鸡变凤凰的基因重组。至少，它能使驾辕的人和拉车的牛，少流成吨的汗水，节省成倍的体力。

一个数百人的生产队，架子车的拥有量，绝对不会超过五辆。那个年月，动辄就掀起劳动会战的高潮，扛红旗，刷标语，喊口号，一派轰轰烈烈的景象，但究其所为，却并不浪漫，皆为修水利和修梯田之类，无一不是高强度的重体力活。把劳动者分为若干小组，小组与小组要进行劳动竞赛。竞赛的输赢，既决定着工分的高低，又决定着粮食的多少。强势的小组，比如村干部的家属、亲戚以及与村干部利益攸关的人，近水楼台先得月，总能抢到一辆架子车。弱势的小组，即那些没权没钱亦没地位的人，哪怕是腿瘸脚歪的残疾人，只能各想各的笨办法。我父亲从未正儿八经地拜师学艺过，但凭借观摩、领悟和反复实践，就能熟练地制作各等木器，勉强算得上半拉子木匠。父亲做木活，与其他木匠的区别在于，人家按天数或件数获取酬劳，而他则分文不取。一遇到这等运动式竞赛，父亲受之于诸多人的请求，便很难安生。他白天下地干活，晚上在院子里摆开阵势，借着从门缝泄出的微光或朦胧的月光，常常叮叮咣咣地敲打至后半夜——他在制作地轱辘车，给这个组装配好一辆，接着又给那个组打造。

地轱辘车，其实就是木轱辘车。地轱辘车与架子车，差异明显：前者为独轮，后者为双轮；前者的轮子为木头，后者为橡皮；前者的轮子像大象的鼻子，置放在车子的最前端，后者则像鸭子的双腿，置放于车厢底部的中间位置；前者是车在前、人在后地往前推，而后者则是人在前、车在后地往前拉……在松软的土里，地轱辘车经人使劲一推，其轱辘像钻头一样地直往虚土里钻。三个人齐心协力，才能挣扎地将车座上的两筐湿土，送至地畔的高坎倒掉。每完成一次推送，人人皆汗气腾腾，累得上气不接下气。而用架子车运土，不但一回的运量比地轱辘车运三回还要多，而且相对要轻松。架子车尽管已足够原始，但在地轱辘车面前，却仿佛大炮对垒长矛。那些推地轱辘车的人，再抡圆胳膊挖土，再使出浑身解数推运，都难以成为竞赛的赢家。

分田到户，架子车的数量猛然增加，差不多每家每户，皆购得一辆。有架子车助力，肩扛担挑之苦就得以免除。于是运粪、运麦草、运粮食以及从事长短途贩卖，等等，就既便捷又省力。然而随着时代的变迁与农民腰包的鼓起，普及没有多久的架子车，也难逃被淘汰的宿命。三轮车和其他农用机械的陆续登场，让昔日风光无限的架子车，再难有担当重任的舞台。

旧时的年

村戏的戏里戏外

人活了多少岁，就过了多少年。

少年过年叫增岁，老人过年叫增寿，可我们村黑老婆的嘴角却叼着这样的话：人就是一根甘蔗，过一年剁走一节，过一年剁走一节，再长的甘蔗，都经不住剁；三剁两剁的，甘蔗就没了。

我少小是在渭北农村里度过的，记忆中的过年，比起现在来，要讲究多了，亦复杂多了。

一年有四季，但在汗流浃背的农夫眼里，却只有两个时段：农忙时节和农闲时节。农忙总是那么地长，而农闲总是那么地短。一年当中，春秋夏皆是忙，唯有冰天雪地的寒冬，似乎才能歇息下来。拢起比炸裂的干泥皮还要粗糙的双手，伸开僵硬酸困的腰肢，在烫热的土炕上躺一躺，稍一打盹，年就在眼前了。

我的家乡名叫麻子村，地处一座台塬的边缘。村东的斜坡下面，是一个狭狭窄窄的盆地，盘踞着一家隶属于国家某部的研究所。研究所缩身于此，显然是备战备荒的产物，含有保密的意图。对于整日在黄土里刨食的农夫而言，那家研究所，仿佛是摆在一旁的一具远景模型，广播里任何一种对未来幸福生活的描述，似乎都能从这家研究所里找到现实的样本，比如“楼上楼下，电灯电话”之类。一到星期天，那些穿着洋衣留着“洋楼”（当地人对新式发型的称谓）的人，挎着竹篮来村里溜达，挑挑剔剔地购买农户家产的鸡蛋。农户们惊讶的是，这些购买者，并非鸡蛋贩子，购买鸡蛋纯粹是给自己的家人吃。鸡蛋不是鸡蛋，而是金蛋，吃进肚子多可惜呀！手头极其拮据的农民，出售鸡蛋那可是唯一的经济来源。酱醋不敢买，食盐还是要买上一斤两斤的；窗上无玻璃，窗户纸还是要买上一张两张的；电灯时亮时灭，点亮煤油灯的煤油还是要买上一瓶两瓶的。每户人家，都喂养着四五只母鸡，主妇一日数回地往返于鸡窝，蹑手蹑脚地窥探哪只鸡又令人欣喜地卧了进去，哪只鸡依旧令人沮丧地在院子里闲逛，三天了竟毫无动静。这些不下蛋的母鸡，活该遭到嫌弃和唾骂，它们不像母鸡，更像木鸡。在主妇的耳朵听来，世上最动听的音乐，不是贝多芬的交响曲，也不是莫扎特的小夜曲，而是母鸡下蛋后得意洋洋的啼鸣声。“咯嗒——咯嗒，咯嗒——咯嗒”的叫声，经主妇耳膜的孵化，就变成了“搁蛋——搁蛋，搁蛋——搁蛋”。

村民们最为惊讶的，还不是他们把鸡蛋当饭吃，而是这些脚不沾泥的人，每上六天班，就有一个星期天。七天当中，就有一天从早到晚啥都不干，简直令人不可思议。村民们在生产队长鼓着腮帮吹响的哨子声里，以及在队长那口无遮拦的污秽骂声中，总是迎着晨曦下地，迎着暮色归来，日复一日，月复一月，年复一年。春播夏割，夏种秋收，夹杂以植树造林和修梯田修水利之类，每天都是汗湿几重衣衫。收工回来，男人劈柴、挑水、垫羊圈、出羊粪，女人则要忙着洗衣做饭，织布缝衣。唯有阴雨天，村民们才能瘫倒在炕，头枕一块木枕头或砖枕头，像一堆沉沉的湿稻草那样，美美实实地睡上一觉。从土窑洞或土坯房里传出的打鼾声，沉闷而响亮，堪比火车碾过铁轨的轰鸣声。

按理说，冬天是农闲季节。但兴修水利的热潮，又把村民们想歇一歇的奢望变成妄想。地冻成了铁块，抡起镢头猛挖下去，地表纹丝不动，倒是那双紧握镢头的手，差点儿被震得骨折。不论怎样，地都是要修的，哪怕是一厘米一厘米地往前推进。高高的坎壁上横刷着鼓舞人心的标语，字迹被涂成朱红的颜色；那杆在寒风里猎猎飘拂的红旗，上工时扛来，下工时扛回，特意将其绑在一棵高高的杨树上，以使那些前来督工和检查的人，大老远就能望得见。

饿着肚子干重体力活，脸被凛冽的寒风吹刮得犹如一张老树皮，手上冻裂的血口横七竖八。就在众多的人与石板一样坚硬的土地玩命之时，却总有一些漏网之鱼留在房间享清福。第一场雪落下，那些能扭两下腰肢能吼两嗓子的人便被召集起来，在导演的安排与指挥下，排练起了戏曲。麻子村演戏的历史，比我的年龄还要悠长。二十世纪五十年代初期，我父亲作为乐队的一员，坐在舞台的角落，左手举一面铜锣，右手拎一个木槌，配合着其他乐器，依照曲目的节奏，时不时地敲击那么一下两下。登台亮相，对于我父亲，根本算不上新鲜。在平时，他总是被民兵扭着双臂押上舞台，唯有唱戏，他才敢迈着八字步，磊磊落落地走向舞台，也才不显得那么猥琐与反面。父亲仁善至极，但因戴着富农的帽子，怎么都摆脱不掉频频被批斗的厄运。那个年代父亲唱戏，唱的是《小二黑》《梁秋燕》和《三滴血》之类。等我记事时，剧目几乎全变成样板戏，诸如《红灯记》《沙家浜》《智取威虎山》等。

排戏是为过年时演出。从腊月二十七八开始，至正月十五结束，近乎二十天里，麻子村那座位居城门前的土台子上，夜夜汽灯高悬，幕布启合，秦腔高亢。在黑漆漆的夜色里，男女老少或坐于板凳，或蹲于碾盘，或袖手而站，个个冻得瑟瑟发抖，却都仰着长长的脖子，痴望着戏台，宁肯受冻也不肯退场。村民们之所以打死不离疙瘩庙，看过十几遍了还要继续看下去，自然是各怀心事。有的嫌家里冷清，看戏是为挤在人堆里凑热闹；有的是瞥见邻居家的都去了，自己也就随大流，你朝左我亦朝左，你朝右我亦朝右；有的是公公婆婆想看儿媳演得怎么样，有的是父母想看儿子儿媳的动作或唱词会不会出错。大多数人眼里的好戏，并不是谁的一招一式更像模像样，谁的唱腔更韵味十足，而是谁更滑稽可笑。能出错的戏，才有看头，才有嚼头。那些出错的情节，不但会引来满堂哄笑，而且在以后的日子里，转化为人们逗乐的源泉。那个刘队长，哈哈哈，竟把“毫不利己专利人”，唱成了“毫不利人专利己”；还有那个拴牛，扮演刁德一，歪戴一顶耷拉着帽檐的瓜皮帽，脸上抹着炭灰，该“李建光”上场时，他却愣头愣脑地跑了出来，僵硬地站在舞台的中央，一时手足无措，不知该咋办。导演蹴在幕布的一角，急得直跺脚，又是向他暗暗招手，又是向他挤闪眼睛，他却木桩一般不为所动。无奈之下，导演只好亲自跑上场，踹了他一脚，他这才恍然醒悟，猴子似的蹿出了舞台。呵呵呵，哈哈哈，拴牛呀拴牛，一个放牛娃，只知牛头，焉知驴尾？他能演戏，猪也能演哩！拴牛那不是在演戏，而是戏在演他！就他那两把刷子，可不活活地要把人笑死了，笑死了！拴牛遭到导演的责骂，又遭到村民们持续高涨的嘲讽，一度患上了严重的抑郁症，竟至于某一天，拿根草绳拴在导演家门前的树杈上，声称要把头伸进挽起的那个绳圈当中……周边村庄的人管不了拴牛的死活，扶老携幼地来看。他们对麻子村人每遇过年都有戏看，羡慕不已。因为唱戏，麻子村的小伙子讨媳妇，明显容易了许多。戏演久了，脸也就混熟了，在一方天地里，俨然成了名角。演员们走亲戚，擦肩而过朝他们搭讪的陌生人不在少数。他们尚在疑惑该人有可能是被自己遗忘的某个亲戚，却见搭讪者率先开了口：你不就是麻子村的吗？不是演铁梅的那个吗？你演得真好，扭那么两下子，比我村里的妖精臭臭他妈还要扭得好！或者：你眼睛瞪得跟个驴蛋一样，想咋？瞪啥哩瞪呢？你个座山雕，坏透透了，哎，不是我看在你是百喜外甥的分上，我一耙子挖下去，把你这颗南瓜头，不挖出几个血窟窿才怪呢！

村民们很在乎谁上台谁不上台，甚至会为争夺某个角色而争风吃醋，其主要原因，并不是为了显摆自己，图个面子上的光彩。大家看中的，是当了演员，就不用冒着刺骨的寒风去修梯田了。一进入寒冬，许多人家都近乎于断炊，吃饭靠东拼西凑。扛着镢头洋镐走向梯田的人，很多都饿着肚子。饥肠辘辘，皮包骨头，却要夜以继日豁出命去干繁重的苦力活，那绝对不是一种享受。排戏唱戏，待遇就大为不同了。排戏在九娘家的院子里，翻跟头，甩臂膀，舞大刀，抡长枪，那个阔大的院子足够容纳得下。若遇下雪天，就移师团长的家里，坐在炕上，坐在椅子上，站在台阶上，或背台词，或对串词。排一天戏，不论男女，一律记十二工分，比一个壮劳力修梯田还要高出二货郎是妇女与孩子的最爱，也总被妇女和孩子团团围住。孩子的舌头舔着嘴唇，眼珠围绕着挂在筐外的豆豆糖打转转，馋得差点儿要流出口水。

分。演一场戏，除了工分照记，还能领取五斤麦子的补助。在一个粮食比金子更为重要的年代，五斤麦子，足以让所有人都患上红眼病。

记得那时老师在课堂上讲如何如何要“粒粒皆辛苦”，我坐在教室里很是不解：这样的道理还需要讲吗？谁敢浪费粮食呀？每一颗麦粒，都是救命的稻草，不争个你死我活就不错了，谁又舍得随意抛弃？

我还记得只要某户人家的某头牲口患病而亡，今天将其埋掉，第二天主人再去察看，准会发现其埋葬地已狼藉一片。浮土被刨开，牲口被掏出，皮肉被利刃剥个净光，只剩下一堆残破的骨头。众人十之八九能猜出掘土剐肉者为谁，因为这样的事情已非一次两次了。有好事者跑到那户人家的门前一探究竟，发现从来都大大咧咧敞开的栅栏门，却奇迹般地紧紧闭合着。透过栅栏间的缝隙，往里窥望，只见厨房里蒸汽缭绕，老人小孩出出进进间，手里皆举着一块块颜色发紫的熟肉啃嚼。好事者耸动鼻翼，狠狠地吸一吸，一股肉香隐隐地扑鼻而来，撩拨得差点儿流出了涎水。每一回牲口尸肉被盗掘，都能引来一阵热议，人们关注的焦点，倒不在于该不该盗肉，而在于这种带有病菌的肉，人敢吃吗？吃了会怎样？大家都穷，叫花子不会嘲笑乞丐的下跪，但吃病死的牲口肉，那可是拿自己的性命来赌博啊！令人瞠目的是，那家人吃过之后，竟一点事儿都没有。有人径直询问那家的老人，说：你吃了病肉，一把年纪了，死了也就死了，但你就不怕把你孙子吃死？孙子死了，断了香火，可咋办呀？老人说：饿急了恨不得啃砖头，哪还顾得上想那些？一年到头，都不见油花花，肠子干枯得像一根草绳，先润润肠再说，吃死总比饿死强！

唱戏图个实惠，看戏图个热闹。但热闹之中，也极易引发纠葛，甚至会酿成血案。邻村的一个小伙子横在百元的面前看戏，百元个头低矮，而那个小伙子个子又高，体魄又宽，像一堵高耸的城墙那样，遮蔽了百元的视线。百元自以为身处自家的大门口，人多势众，于是就以生硬的口吻，喝令小伙子滚开。小伙子不为所动，百元便气汹汹地猛踢了小伙子一脚。小伙子一转身，饿虎扑食一般，将百元摁倒在地，照着百元的面颊，狠击了两拳。众人见状，连忙将他们拉拽开。两人互骂了几句，各自散去，按理说，事情过去也就过去了。但第二年，小伙子又来看戏，全然没料到百元竟会趁此复仇。整整一年，吃了亏的百元，内心淤积的那个疙瘩宛若肿瘤，不但没有化开，而且越长越大。百元手持一把剪刀，在人丛里找到小伙子，朝着小伙子的后背就是一阵乱捅。小伙子的静脉血管被刺断，血把半个棉袄都濡湿了。小伙子被人抬往公社的卫生院，而百元被派出所民警从家中的磨坊里搜出，押上了一辆蹦蹦跳跳的三轮摩托车。小伙子住了半个月医院，身体倒无大碍，只是后背遗留下了星星点点的斑痕，而百元被判了五年刑。

红豆红，白土白

一进入腊月，用渭北人的话说，就是年气气子来了。腊月初五是五豆，腊月初八是腊八，腊月二十三烙坨坨馍祭祀灶火爷，腊月二十七八蒸馍煮菜，腊月三十昼炸年糕夜包饺子。

五豆节的讲究各有不同。在我们那里，人们对五豆二字的理解是，五指的是初五，豆指的是豆子，在初五的这一天，喝一碗红豆稀粥，就算过五豆节了。但在关中的一些地方，包括西安，人们却把五豆的五理解成五种豆子。在这一天，家家户户一定找寻出五种豆子，放进同一锅中熬煮，熬成粥糊糊后，再吱吧吱吧地喝进肚子里去。

别小看不起眼的五豆节，它对农人的意义非同寻常。从这一天开始，农民才真正得到释放，从集体大生产的劳作中，回归了家庭。地不修了，检查团不来了，队长那军号般的哨子静默了。除了几个喂牲口的饲养员，其他壮年男人都闲歇了下来。

五豆节是春节的门户，类似于花卉中的迎春花。迎春花笑盈盈地绽放，预示着春天的到来；五豆稀粥红汁飘香，也宣告着过年的脚步已到了村头。在节气上，五豆节还有一个重要特征，就是从这一天开始，白天逐渐变长，晚上相应地会渐次缩短。村里村外，早就流传着这样的说法：过一五豆，长一斧头；过一腊八，长一杈把；过一年，长一椽；过一十五，长得木木。长在这里，指的是白昼的长。农人们不说长几尺几丈，亦不说长多少公分多少米，却就地取材，把看得见摸得着的农具拉进来进行类比，颇为新颖和有趣。“长得木木”的“木木”是虚指，并非指一堆木头。“木木”二字，是渭北人的土语，换成普通话，就是“很”的意思。“木”字叠加，在于强调。“长得木木”，就是白天已经长得很。“木木”在渭北人的日常交流中，时常出现。比如表达某个东西很好，会如是说：那个东西好得木木。表达某个东西很大，会这般说：那个东西大得木木。表达某个路程很遥远，会这样说：那路远得木木。关中东部的人不言“木木”，却一句一个“太太”。比如，那个东西大得太太，那条路远得太太，那道菜好吃得太太，那个姑娘好看得太太。但同样的意思，到了关中西部，却转换成了另外的字词。某个姑娘长得如花似玉，渭北人会说“你看那个女娃长得爱的”，但关中西部的人却说“你看那个女娃长得蛮的”。蛮即蛮实，含有萌呆之意，实指“漂亮可爱”。但这样的褒扬，在不明就里的人听来，更像是在贬损。我的一位朋友，定居西安，并娶妻生女。第一次带着在西安城里出生并长大的妻子回故乡，就惹得妻子极不高兴。那些四邻，见他带回了城里的姑娘，免不了跑来瞧稀奇。初次见面，邻居们总要恭维他妻子几句，于是这个说“你看你长得蛮的”，那个说“你看你长得蛮的”。数十个人，就有数十句“你看你长得蛮的”轮番响起。他妻子初听此言，心里不悦，却强装欢颜，但忍着忍着，终究还是被激怒了。他妻子一边照镜子，一边冲着他发火：我去了多少地方，从没人说我长得蛮，可一到你村里，这个说我长得蛮，那个说我长得蛮，我觉得我长得还可以呀，咋就长得蛮了？

长得爱和长得蛮，爱蛋蛋和臭蛋蛋，在关中人的语境里，意思没有太大的分别。

五豆过去是腊八，而腊八节的设立，似乎是专为提醒人们：过年又近了一步。

腊八这天吃什么呢？单关中地区，都很不一样。西安及西安周边的人家，讲究要喝腊八粥，可在我的家乡渭北一带，却要吃腊八面。傍晚时分，家家户户炊烟袅袅，案板上准会响起咣咣的切面声。面要擀得很薄，切得很长，以祈愿吃面者寿命之悠远。面捞进偌大的老式粗瓷碗里，浇上些许的豆腐臊子，除了盐醋，还一定要调上油泼辣子。挑几筷子辣子，在碗里搅动搅动，整个汤汁便红艳艳的。渭北人对辣椒的偏好，鲜为外人所知。但实际上，辣椒在渭北人的饮食中，并非可有可无，而是无辣不成饭。除了稀饭不调辣子，其他一切饭菜，辣椒绝然不能缺席。

腊八之后，年的氛围越发浓郁了。刷墙，杀猪，剃头，浆洗衣服等，依序而为。麻子村人刷墙，材料不用白灰与涂料，工具不用刷子，而是手拎一块抹布，蘸着一种从石缝里掏挖出来经过浸泡的白土，抹向墙壁。白土很稀有，在整个耀州区域，仅距离麻子村两三公里的半山腰里有所潜藏。白土，顾名思义，就是一种白色的土。这种土，其实是未能凝固的石头，摸起来黏黏的，柔柔的，像豆腐乳一般，用舌头舔一舔，土腥中夹杂些许的油香味。不少农村妇女，最初为抵制饥饿，就抓一把白土往嘴里塞，但嚼着嚼着，就上了瘾。赤贫的农村，那时哪有什么瓜子锅巴之类的呀？于是，一些馋嘴的妇女，出门闲逛时，顺手抓一把白土，把它当成零食装进口袋里，一边与人闲聊，一边一颗一颗地往嘴里扔着，吃得嘴角白沫泛溢，颇为津津有味。但白土终究是土，吃多了，不但肚子疼，而且体内还会生出蛔虫来。很多孩子在母亲的引诱下，也偷吃白土，但吃一吃，就吃出毛病来。母亲牵着他的小手去医疗站看病，医生问清原委后，多半会开一些泻药，让其将在肚子里兴风作浪的蛔虫排泄出来。

挖白土是一件很难的事，必须诸多的人齐心协力，才能够完成。初十过后，村里就有人张罗起来，约定某天结伴去挖白土。早早地吃过饭，一干人挑着草笼，朝东坡而去。下至川道，北行三四里，就到了白土的潜藏区域。白土嵌于悬崖的石缝里，要想接近它，得具备一定的攀岩功夫。好在不断有人攀登，崖壁上被蹬踏出了一串可以放置脚掌的凹窝，后继者攀起来便容易了许多。年复一年地掏挖，一个一个烂糟糟的洞穴在半山崖里仰面朝天。几个人选好洞穴，取出随身带来的绳索，捆扎住一位相对瘦小者，合力拽着几个绳头，将其缓缓地放入穴内。伴随掏挖者一起进入洞穴的还有一个草笼，一把短柄铁铲。掏挖者猫着腰，甚至蜷缩着，在石缝里像剔除卡在牙缝里的肉丝那样，一疙瘩一疙瘩的，小心翼翼地剥离着白土。白土掉落，聚成一小堆，双手掬起它，放入笼中，然后再继续掏挖。这个人在洞穴里累了困了，撑不住了，就换另一个人下去。等所有的人都装满了两笼白土，太阳已沉沉地扑趴在了西山的山尖。

一个人分到的白土，足够两年使用。有时，白土还作为礼物，送给一些亲戚。送一送，亲戚就产生了依赖。过了初十，还不见有白土送来，亲戚便派儿女来索取。

一般来说，用白土涂抹全面墙壁，一年仅腊月这么一次。而在平时，隔上三天五天，家中的女主人就会从柜子底下拽出那个白土专用的瓷盆，抓一把白土扔进去，并冲一些水，泡一泡，伸手抓挠抓挠，那些块状的白土，便渐渐地化开，将清水染白。女主人拿一块抹布，在白色汁液中蘸一蘸，然后把炕围炕边等涂抹一遍，就算完事。涂抹过的墙壁格外白净，犹如刚洗过澡的美肤，引诱得人总想摸一摸。白土涂抹的墙壁，白而不燥，还幽幽地散发着隐隐的蓝光，给人的感觉很是温润亲和。难能可贵的是，人靠着白土墙，蹭来蹭去，衣服始终不沾染半点灰屑。

除了刷墙较为烦琐——要把被褥抱向屋外，要把各种瓶瓶罐罐用牛皮纸苫起来，以防止白土滴落到上面——接下来最为隆重的活计，大概要数杀猪了。

杀猪是一场大戏

一个村子，百余户人家，一年到头，多时杀三头猪，少时杀一头猪。那时候，猪喂养两到三年才能出栏，远不像现在这样速成。没有饲料，没有粮食，亦没有激素之类，猪的食物，主要是洗锅洗碗后的泔水。瘦骨嶙峋的猪，满村子跑着觅食，不是拱这家的墙根，就是拱那家的玉米秸。主人对猪四处乱跑很不满意，常常提根烧火棍追着猪打，一边打一边叫骂：你这猪日的乱跑啥哩？刚刚攒下的一点厚膘，硬是被你这个猪日的跑丢了！多走路，多跑步，能减肥，能瘦身，这是当下脂肪过剩渴望苗条的人大概都知道的妙方。人以瘦为美，猪却以胖为傲。主人辛辛苦苦地喂着猪，天天眼巴巴地盯着它，估算它今日毛重多少斤，过一月两月，又会是多少斤，恨不能把充气筒塞进它的嘴里吹，以使它一夜之间就长得膘肥体圆。但猪总是长得那么地缓慢，及至两年半或三年，用主人的话说，它才终于“有点像猪了”。

对于猪而言，像猫像兔，均意味着安全无恙，唯独“像猪”，却预示着大祸临头。现在的猪，养肥后称重，六七百斤根本不算事，但那时谁家的猪能毛重二百斤，就算得上猪中之王了。大多数的猪，都赖在一百五十斤左右，死活都不肯再往上面长了。

村子里的屠夫麻师，在方圆十多公里内，颇有名气。麻师不姓麻，而是姓朱。朱和猪为谐音，但姓朱的和当猪的，却成了冤家对头。朱师傅小时候患过天花，落得一脸的麻子，人便称他麻师。麻师一年到头，很少有闲歇的时候，不是这儿叫，就是那儿喊。起初他背着一个蓝色的帆布包，里面装着几把长短不一的刀子，四处游走；后来买了一辆掉了脚踏板的旧自行车，咯咯吱吱地骑着到处乱飞。平日里，他的主要活计，就是骟猪骟羊。用普通话来说，就是阉割猪羊。把一头小猪捉住，抓着一只蹄子，在空中晃一晃，然后猛地往地上一甩，嗷嗷嚎叫的小猪就昏了过去。麻师用膝盖顶着小猪的肚皮，一只手捏住小猪的生殖器，一只手从脚旁的帆布包里取出一把刀子，闪电一般地割开小猪的包皮，将那睾丸血淋淋地撕扯了出来，扔向远处。一只卧于不远处窥探的黑狗或黄狗，见有美食飞来，便腾身而起，迅捷地扑向那两个带血的肉团。

骟一头小猪或一只小羊，挣八毛钱。换算成劳动日价格，十分钟不到，就等同于在生产队劳作了四天。小猪丢掉了命根子，似乎并不悲伤，躺在地上嚎叫几声，就站起来撒腿而去。主人安抚性地给它扔几颗玉米粒，它又呈现出一副欢天喜地的神情。

为什么一定要骟猪？这样的疑问，从我第一次亲眼目睹小猪惨遭毒手，就在心里发芽。疑问不断地滋长，于是终于忍不住向父亲发问。父亲说如果不骟猪，猪皮就会变得像牛皮一样又韧又厚，肉也粗糙，不鲜嫩，没香味。更重要的是，猪的脾气会很暴虐，凶里凶气的，人很难与其接近，自然也就难以喂养；尤其到了发情期，猪暴躁得简直像患了疯病一般，胡踢乱咬，不是拱倒醋缸，就是揭翻灶头。

父亲的话让我恍然明白，骟猪的目的在于驯化猪。也就是说，猪的原始天性，并非像人们所认为的那样温顺敦厚，而是颇具好斗性。家猪与野猪，本是亲兄弟。只是哥哥不曾被收监，不曾被阉割，才游荡于莽林，呼啸于山野。而弟弟呢？看似受到了宠爱，但一出生，就挨了生命中至为耻辱的第一刀。

猪是一种独立的动物，还是一种人口中的美食？这道考题，我始终未能找到答案。人的残忍，在于将本该享有自由的动物予以关押和圈养，在其脖子上拴上缰绳或套上夹板，让它们要么做自己的苦力，犁地或驮运，要么做自己炒勺里的佳肴，以满足自己的唇舌之乐。当第一刀刺向猪，猪不予抗拒时，它挨第二刀的劫数，已在所难免。

猪肥挨刀子。这是村里人时常叼在嘴角的一句话。事实上，只要猪长够两三年，肥与不肥，都得挨刀子。农村平时罕有人杀猪，只有接近年关时，各个村子里的屠夫，才磨刀霍霍。猪即使还很瘦小，但皮也老了，肉也老了，等到下一个年关再杀，俨然已经太迟。况且，喂猪并非易事，而主人还烈火焚心一般地等着拿卖猪肉的钱过年呢！

杀猪是一个隆重的仪式，半个村子的老老少少都会跑来瞅热闹。当看到一头刚才还在摇头晃脑的猪，瞬间便被刺死，扔进那口杀猪专用的开水锅里，人们笑逐颜开，几近欢呼。

通常情况下，村里的杀猪仪式多在我家门前的碾场里举行，但我，却是一个最怕看见血的人。大概因为曾祖父中举的缘故，我家在村中所处的地理位置极其优越，地势平坦开阔。门前是一个大碾场，碾场边有一个水窖，一个涝池，一个树园。后来树园里一棵棵粗壮挺拔的古树遭到了锯斧的砍伐，但涝池和水窖却一直归我家所有。在那样一个“一切属于集体”的年月，整个关庄塬上，拥有私人水窖和涝池的，恐怕唯有我家。

到了冬季，碾场常常被雪覆盖，白茫茫的一片。但这不要紧，众人齐动手，拿扫帚的拿扫帚，拿推锨的拿推锨，三下五除二，碾场里的雪，就被扫进了涝池里。

垒几块砖头，做成一个临时烧火的炉灶，抱来麦草与干柴，然后将早已抬来的那口大铁锅，架在炉灶之上，接着，往锅里倒进几桶水，水满满溢溢。那口铁锅是为杀猪而专门打造的，特别阔大，又特别笨重，要把它弄到现场，需花费不小的气力。杀猪未动，烧火先行。一个老男人坐在铁锅前，先往灶里塞进去几把麦草，引燃后，便一根一根地往里填着干柴——村里人将其称作硬柴——没有风箱煽火，火总是不旺。如果遇到刮风，烟顺着砖块的空隙倒流，现场一片烟气腾腾。烧火的男人坐在烟雾里，不时地歪着头，鼓着腮帮，照着炉灶使劲地吹，但烟雾很快就扑进他的咽喉里。他一边咔咔咔地咳嗽着，一边抬起衣袖擦拭被烟熏出的泪花。片刻间，烧火男人就呈现出了煤炭色，脸、脖子、耳朵、口唇以及两只手，都一抹抹地黑。

没有人去关注一个老男人肤色的变化，所有人的目光都聚焦于麻师的身上。一头猪被主人连骂带拽地牵来，还未进入现场，猪搭眼一望，就已明白那口锅与那群人对自己究竟意味着什么。猪开始嚎叫起来，歇斯底里，四蹄也开始一个劲儿往后蹬拽，无论如何都不肯前往。人说猪笨，但猪对生死还是很敏感的。它的叫声，人的耳朵是无法听懂的，但肯定既含有恐惧，也含有诅咒，既含有哀求，也含有悔恨。猪这时恐怕才明白过来，人为何要喂养它，为何要视它为宝贝，为何要忧其饥寒，念其肥瘦。天下没有免费的午餐，白吃到一定的时候，就得拿身家性命来偿债。

几个人见主人拿猪没办法，便跑去帮忙，他们拧耳朵的拧耳朵，拽尾巴的拽尾巴，拉后蹄的拉后蹄，拿棍子敲后背的敲后背。猪即使再力大无比，也经不住众人的拖拉。猪在挣扎中，被移至现场。众人手和胳膊齐挥动，很快将猪制服。猪倒在地上，还在嚎叫，还在甩头蹬蹄，却已无法逃脱。这个人用双手死死地摁住猪头，那两个人用膝盖狠狠地顶着猪肚子，还有压猪蹄的，拽猪尾的。等一切准备就绪，便有人冲着还跪在磨石旁磨刀的麻师喊：好了，好了，快点，快点！

麻师拎着一把半米长的钢刀，朝猪走来。他走近猪，俯下身，对着猪的脖颈，不偏不倚地猛刺一刀。猪喘息两下，喉管的刀伤处汩汩地冒出一股股红的血，然后身子骨碌一滚，就瘫在地上僵着不动了。

看热闹的人一阵惊悸唏嘘。鼓掌者有之，雀跃者有之，嬉笑者有之，胆颤者亦有之。我是一个怯懦的人，不愿亦不敢正眼目睹杀生的过程。每当麻师拎着那把明晃晃的长刀奔向猪，我都赶紧缩回院子，闭上大门，只敢贴着门缝往外窥望。麻师的那把刀，实在是太凌厉太晃眼了，在阳光的撩拨下，它散发着幽幽的寒光。麻师技高艺湛，为人称道，他能摸准猪的命脉，一刀致命，绝不会重复来第二刀。邻村的一个半吊子杀猪匠，就曾闹出过笑话。他连捅三刀，猪非但未死，竟还挣脱人们的束缚，落荒而逃。当然，猪能够逃离现场，却逃不出地球。但那头挣脱的猪，后来不是被杀死的，而是摔死的。猪血流满面，喷涌的血浆糊住了双眼，无法辨析周围的环境。一群人举着木棍追来，喊声震天，惊骇的猪只顾逃命，哪管得了前方是什么。猪跑至沟岸，一头栽了下去，摔向百丈之深的沟底。等人们找到它时，它已气绝身亡。

麻师将猪捅死后，正值满锅的水烧开。人们将猪抬起来，扔进沸腾的开水锅里。烫上十分钟，几个人就手持褪毛刷，围着锅沿，在猪的身上搓揉起来。猪皮被开水烫软，人们用那种蜂窝状的黑乎乎齿棱棱的似石非石的东西，在猪的身上使劲地搓来搓去，一丛丛猪毛就利利索索地脱落了下来。一头黑不溜秋的猪，片刻功夫，就变得光光溜溜白白净净。

从锅里拽出脱了毛的猪，将其仰面朝天地扔在一张宽厚的案板上，麻师的利刃，便从猪的肚皮上划过。就像一个包裹被割破那样，猪的五脏六腑，全都暴露于众人面前。麻师将那些肠肠兜兜，一股一股，一疙瘩一疙瘩地摘除下来，转交给帮忙者去清洗。

猪的大肠小肠，并不能引起大家的兴趣，让人精神振奋的，倒是那个猪尿泡。那个本来长在猪体内，用于积存尿液的东西，摘除下来后，遭到了乱手乱胳膊的拼抢。人们抢夺它，并非觉得它有用，而是觉得它好玩。猪尿泡被清洗干净后，从这只手里，转移到那只手里，又从那只手里，转移到另一只手里。人们抑制不住内心的好奇，忍不住地就想伸手捏一捏它。等捏够了，接下来就是吹了。吹猪尿泡既是个技术活，又是个力气活。很多小孩子都跃跃欲试，想一试身手，但均以失败告终。把自己的嘴对准猪尿泡的开口处，鼓着腮帮，像吹气球那样，噗噗噗地狠劲一吹，软耷耷的猪尿泡照旧软耷耷，纹丝不动，倒是吹者自己已呼哧呼哧地满脸涨红，上气不接下气了。村里最擅长吹猪尿泡的人名叫锁娃。锁娃长得活生生一副猿猴的模样，细软软的腰身，前额凸出，两腮凹陷，扁鼻扁嘴尖下巴。锁娃在村里的剧团里，是个吹笛子的。他不识谱，仅凭听觉，就能把《北京的金山上》之类的曲调，吹个八九不离十。锁娃看到人们争相吹猪尿泡，自己故意躲得远远的，背倚我家的那棵杏树，懒洋洋地卷起旱烟抽。他心里清楚，那些人不过是举着碌碡打月亮，既不知高低，又不知轻重，等他们显摆够了，承认自己一口吃不了三碗干面，必然会喊锁娃的名字的。果不其然，在锁娃一锅烟尚未抽完之时，“锁娃——锁娃——”的叫声，就乱响了起来。众人着急，锁娃并不着急，关键时刻，他故意端一端架子，以显示自己的重要性。等人们急得跺脚，锁娃这才慢腾腾地站起来，慢腾腾地挪腿前来。

锁娃接过猪尿泡，往嘴唇间一噙，眼睛一闭，倒吸一口气，然后使劲鼓一下腮帮。宛若变魔术那般，刚才还是一团软肉的猪尿泡，刹那间，就圆乎乎胀鼓鼓的，活似一个白色的大气球。有人拿根细线，紧紧地扎住袋口。接着，气球状的猪尿泡被好事者挑在木棍上，沿着碾场奔跑，引来一群孩子的嬉闹追逐。孩子们总想跳起来，或摸猪尿泡一把，或拍猪尿泡一下。

再过一会儿，两扇厚墩墩的猪肉就被铁钩钩住，竖着悬挂在了一根木桩上。在麻师不懈地劈割下，将其分解成一吊子肉，又一吊子肉，那些白晃晃的肉，大大小小的，挂满了那条临时拉扯的铁丝杆。猪的主人取出早就预备好的那杆秤，现场吆喝着卖起了猪肉。上等猪肉，一斤一块二三毛钱；下等猪肉，充其量仅卖七八毛钱。日子宽裕的人家，瞄准的是猪的腹部，因为那个地方的肉最为肥厚，最有油汁。日子紧巴的人家，总是拢着双手，蹲在远处，等别人挑选过后，自己才敢挪步靠近。脖颈上的肉最为便宜，无钱的人只能围着它打转转，即使这样，还有可能死乞白赖地张嘴赊账。

不论平时日子的优劣，过年还是要买上几斤猪肉的。除了家里人吃，更重要的是要招待拜年的亲戚。亲戚远道而来，不敢图个肚子圆，总得图个舌齿香呀！若沾不到油星，岂不被亲戚当作笑柄而四处播扬？人都是好面子的，衣着褴褛之人，最怕别人看不起自己。

买到好肉的人喜气洋洋，聚在一起，免不了相互攀比一番。这个说：我可是摘取了村里的头名，咱村杀的那头猪，膘最厚的那块被我割走了。那膘可真他爷的厚啊，足足有二指宽呢！另一个撇着嘴，很不服气地说：你算个啥头名呀？你没看咱村里那是头啥猪呀？瘦得跟个蚊子似的，还能杀出个啥好肉来？我看不上它，就去城里割肉。我买回来的肉，那才叫膘厚呢！那厚膘，足有二指半宽。咋啦，你眼瞪得跟牛蛋一样，是不服还是咋的？不服的话，敢不敢把你家的猪肉拿来，当着这么多人的面比一比，看看究竟是谁的嘴里跑火车？

祭祖过后就剃头

腊月二十三，是一个重要的节点。如果说，二十三之前，春节是往人跟前走，那么，二十三之后，春节则是往人跟前跑。

腊月二十三，我们这一带的人，称它为灶火爷日。灶火爷日的活动主要集中在晚上。傍晚时分，一家一户的烟囱里，都飘起了袅袅青烟，不久，坨坨馍熟透了的香味，就幽幽地飘溢了出来。坨坨馍是当地人的叫法，其实就是带有花纹的烙饼。

主妇们早早发酵了面，一到暮色降临，便系上围裙，下了灶房，开始制作。在面团里揉进些许的盐，掺进些许的调料，把一大块面分解成若干个小面团，并用擀面杖把一个一个的小面团擀成薄薄圆圆的月亮状。接下来的一道程序，则是洗净平时用以梳头的梳子，横着竖着在面饼上扎出一些图案来。最后，坨坨馍入锅烙烤。这个时候，烧火便成了一门要求很高的技术活。柴火填进炉膛里，趁着还没劲燃，赶快将其朝四围分拨，灶心越空越好。坨坨馍既要烙熟，烙得黄亮亮的，又不能烙焦，烙成一张包公黑脸。

坨坨馍出锅后，用碟子盛上三五个，摆放在灶头，然后点燃三炷香，放一串鞭炮，人跪在灶前，对着灶头磕头，祈求灶火爷在过年时节或平常的日子，多体谅，多包涵，不要计较人的疏忽与过错。

祭拜完灶火爷，还要到大门外烧纸。在门外烧纸，祭奠的是先祖，类似于向先祖发出了邀请函。空中飞扬的灰烬，仿佛声声的呼唤，期盼着先祖们回家过年。

并不是所有人家都有面粉用以烙坨坨馍的。许多家庭跑遍村子，跑遍亲戚家，硬是借不来一斗用于过年的麦子，就只能无奈地放弃烙坨坨馍了。坨坨馍没有，但祭祀却不能忽略。我记得某一年，我家断炊，父母眉头紧锁，不知拿什么来给灶火爷吃。想了又想，寻了又寻之后，父亲爬上门楼的阁棚，取下几个软软的柿子，将其献给了灶火爷。

灶火爷日过后，女人们忙着染衣服，洗被褥，而男人们在忙着剃头。传说中，正月里不能动刀动剪，因此，必须赶在除夕之前，把人的头发像锄草一样地除掉。选一个阳光明媚的日子，曾经烫过猪的那口杀猪专用锅，又架在了我家门前的碾场里。凡要前来剃发的人家，在发落来剃发者的同时，还需抱来几束干柴，用以烧火。锅里盛满了水，几个脸盆等候在锅旁。水沸溢后，拿马瓢舀上两瓢，泼进脸盆里，与脸盆里的凉水掺杂。把脸盆端起放到一只凳子上，一个人头便被摁了进去。头在水里浸湿，捞出来，眯着眼睛，面朝太阳，落坐于靠椅上，身后站立的那位剃头师，挥动着锋利的剃头刀，在乱蓬蓬的头上削刮起来。三四个磨刀石就摆在现场，几个人剃发，还有几个人跪在磨刀石前，身子一拱一拱的，吱吱地磨着剃头刀。

村里人把剃发戏称为杀猪。事实上，剃发与杀猪一样，都像是在举行一个隆重的仪式。那时候的农村，鲜有电动推子，理发基本上全靠剃头刀。家家都备有剃头刀，个个成年人都是剃头师，但过年期间，村里人还是很乐意挤在一起剃头，不为别的，只为图个热闹。有人扯着嗓子喊那么几声：剃头了！剃头了！全村的男人都会倾巢而出，乐呵而来。

成年人总是把头剃得丝发不剩。那一个一个的光葫芦，歪七裂八的，呈现南瓜西瓜般的各式滑稽形状，令人喷笑。相比于成年人，儿童的理发要难得多。人天生就对刀具充满了畏惧，儿童一瞥见那把剃头刀，便不由自主地颤栗，甚至哇哇大哭。

对于儿童来说，每一次理发，都宛若一次受难。父母想尽一切办法安抚幼儿，或施之以糖果，或许之以承诺。尽管如此，刀子尚未落在头上，幼儿已浑身发抖，脸簇成了包子状，头一个劲儿地往衣领里缩。剃头期间，幼儿的眼泪总在眼眶里打转转，一副龇牙咧嘴的模样。剃头师哄劝着他，说乖乖的，乖乖的，快完了，快完了，再有两下就完了。

父母们平时拖着不给孩子剃发，专等着集体剃发的这一天，就是为了让孩子的剃发更为顺利。轮到孩子理发，常常是最胆大的孩子先坐上那把剃发椅，他木呆呆的傻笑，会给其他围观的孩子起到榜样的作用。父母指着他，哄劝着自己的孩子：你看，你看，人家狗蛋多勇敢！剃发一点儿都不疼，真的，一点儿都不疼，你看看，狗蛋剃发非但没哭，还咧着嘴笑呢！

少年的头常常被剃成碟盖状。一圈白光光，唯有头顶还留有一丛斜翘的毛发。那状若碟盖的发型，时常会遭到嘲笑。走入小伙伴中间，立刻引来围观。尽管每个人都顶着一个碟子盖，但先剃者依然不忘戏弄后剃者：碟子盖，蓬蓬翘，鸟儿鹊儿撒泡尿；猫娃喵，狗娃咬，乌龟王八镜子照。

窗棂上妖娆的花朵

一进入冬天，姑娘们在劳作之余，忙里偷闲，一直在悄无声息地干着两样事：一是纳袜底，一是剪窗花。挑灯夜战缝袜底究竟为哪般？别人也许不知道，但姑娘的心里却镜子一般地透亮。未成婚的夫婿前来拜年，不能空手而归呀！准夫婿吃过岳母特意做的荷包蛋——村子里一直流传着“丈母娘爱女婿”之说，证据之一就是女婿来拜年，丈母娘无论穷富，都要在盛满酱汤挂面的碗底，埋两颗荷包蛋——喝过岳父窖藏的烧酒，遭受过姑娘亲弟堂弟等一干人的戏耍，于是就该告辞了。临跨出大门时，尾随其后的姑娘，羞红着脸，趁人不留意，把两双袜底偷偷塞入准夫婿的挎包。每一双袜底，都是姑娘精心缝制的。一手捏袜底，一手穿针线，蓝瓦瓦的袜面，白晃晃的丝线，一针继一针，一线续一线，针引着线游走，线随着针蜿蜒。一种暧昧，在针中穿越；一种思绪，在线中飞扬。那种想说爱你口难开的愁绪，全浓缩在了图案中。图案是如此地绚丽多姿，有摇曳的稻穗，有盛开的睡莲，有撒欢的野兔，有翩跹的蝴蝶。仅我所见，袜底图案就有数十种。

在重男轻女的农村，很多姑娘从未跨进过学堂的门槛。她们不见得认识自己的名字，却对美显现出一种别样的敏感和迷恋。绣个手绢，纳个鞋底，做件衣服，缝个枕头，都不那么随随便便，而是在讲究实用的基础上，力求将自己对美的追求融汇其中。美不是拿来用的，而是拿来看的。这种风尚，绵延数千年，并非某个人一时的心血来潮。中国人其实是很在意美，并在具体的物件构造中，处处体现着美，突显着美。从屋脊砖雕的翩翩欲飞到门楼砖雕的翩翩欲飞，从砖墙的镂花到屏风的镂花，从桌子的造型到椅子的造型，从门墩的雕刻到拴马桩的雕刻，辅之以窗花、花馍、花鞋、花鞋垫、花枕头，等等，花无疆，美无限。

对乡村姑娘来说，剪窗花是一件必须严肃对待之事，因为它关乎人的脸面。姑娘们剪窗花时，时而聚在一起交流，头顶着头；时而各自闭门不出，特意回避别人的窥探。交流为了取经，甚至是为了窃密，而躲避则是怕自己的创意和手艺被人盗走。

日子宽裕的人家，平日里，窗子上也烂漫着窗花。但对于大多数村民而言，那样的讲究，似乎过于奢侈了。手头紧巴巴的，买一张白纸也要思忖半天，加之劳作辛苦，吃穿发愁，哪顾得上为窗子锦上添花？一年三季，一家一家的窗子，都不糊纸，裸露着仿佛被黑烟熏过似的木条窗格。到了冬季，犹如戏中所唱，“北风那个吹，雪花那个飘”，冻得实在是受不住了，才想着要把窗子遮挡起来。至于怎么糊窗，那也是八仙过海各显神通。有的人家，翻寻出几片牛皮纸，拼接起来，糊于窗上；有的人家，搜罗来一些破烂的蛇皮袋，用水洗一洗，晾干后又拿针线缝补，以至于蛇皮袋上打满了补丁，然后将其钉上窗子；有的人家，干脆将褴褛得已无法铺盖的被子，挪作他用，直接挂上去冒充窗帘了……快要过年时，作为家庭的脸面，窗子再也不能如此蓬头垢面。怀揣几毛钱，去一回供销社，五分钱买一张白纸，两毛钱买一张红纸，如果更为奢侈，还可以挥霍几毛钱，再买一些其他颜色的纸。白纸用于糊窗，彩纸用以剪窗花。当那张白纸贴上窗格后，五彩斑斓的窗花，随之附着其上，在寒冷的窗棂上竞相妖艳。窗花以红色为主，因为在村民的意识里，红色不仅代表着吉祥喜庆，还可以用来驱鬼免灾。红色是血的颜色，而流血，无疑源自于暴戾。鬼神纵然再狰狞，也会在刀戟面前畏缩不前。

每个家庭的窗花，几乎都来自于自家的姑娘之手。那双原本纤细柔软的玉手，经日复一日地握镢头、抱石头、挥铁锹，已裂纹纵横，粗粝不堪。然而，一旦捧起那片红纸，操起那把小剪刀，乍一看很是颓秃粗笨的手指，立刻就变得灵巧了起来。除个别人擅于独创外，一般情况下，剪窗花并非任意为之，而是依照着样品来裁剪。先点燃一盏煤油灯，折叠好红纸，将样品铺展于红纸之上，端起煤油灯，让灯焰飘出的黑烟，在样品上轻轻熏染。顷刻间，红纸上就出现了一束花或一只鸡的烙印。捉起剪刀循着烙印，细细地刻挖，用不了太久，一束栩栩如生的花，或一只引颈啼鸣的鸡，就脱颖而出。独创性的窗花，那是要用铅笔在红纸上描画的。描画好了，却不大满意，用橡皮将其擦掉。描了擦，擦了描，有时折腾一大晌，都无果而终。但有时灵感忽然闪现，一笔蜿蜒过去，便大功告成。创意性的窗花，很容易引来其他姑娘的啧啧叹羡。叹羡声犹如奖品，可以使人滋生出某种成就感与自豪感来，也能大大激发人更为旺盛的创造欲。第二年，样品被人借去复制，接着就满村子地扩散，新的便沦落成旧的。若想继续在窗花的创新上领跑，让人不断竖拇指，只有另辟蹊径，重新陷入苦思冥想了。

家家户户的窗格上，都是五颜六色，山花烂漫。窗花的造型五花八门，有牛羊狗兔等动物，有槐树榆树柳树等树木，有牡丹芍药月季等花卉，有向日葵稻谷麦穗等庄稼，有南瓜黄瓜西瓜等瓜果蔬菜，有单腿独立仰天鸣叫的公鸡，有手捉长烟杆抽烟的老农，有头顶着头说悄悄话的老妪，有踩着高跷龇牙咧嘴的新娘，有背着新娘狼狈不堪的新郎，有挑逗蛐蛐的顽童，有灯下阅读的少年，有“三娘教子”的漫画连载，有“孙悟空三打白骨精”的夸张图谱……无所不包，无所不容，凡生活中存有的，窗花里几乎皆有。但总有那些卑微的生命，或被粗心疏漏，或被故意遗忘，比如猪，比如蚂蚁等，就在汪洋般的窗花世界里，难觅其踪。“猪不上窗”，这是众人心照不宣的铁律。猪为何就不能被剪成窗花，高就于窗格之上？询问得知，猪是不雅之物，是负面形象，它集懒丑脏于一身，人若瞥见它，吃饭败胃口，睡觉肤发痒。猪一边被人养着吃着，一边遭人贬损嫌弃，可见人是何等地自相矛盾。

从“猪不上窗”这种现象中，我倒是读懂了村民们也许从来就没有意识到的内容：那些上窗的动物植物，其实是受到了一种礼遇，获得了一份礼赞。反面的背面是正面，该抛弃的都抛弃了，没有被抛弃的，自然均为意中之物。

窗花的技术含量不高，也谈不上有多么高深的思想容量。

但窗花对于万木皆枯百花皆凋的冬季，对于在饥寒中苦苦度日的村民，却至关重要。窗花是暗夜里的一抹亮光，能将飘零的梦想点燃，能将沉沦的希望救赎。没有人把心灵手巧的村姑视为艺术家，然而，正是这些皮肤粗糙的村姑，让冬季绽放花蕾，过年飘拂暖意。

蒸年馍买爆仗

腊月二十八，是大多数村民蒸馍的日子。头天傍晚，面和了几大盆，放置在炕角或被窝，经过一夜的发酵，盆中的面团虚泛得直往外溢流。一家人早早地起床，主妇和姑娘吸溜着鼻涕，先是引燃了灶火，接着挑水的挑水，劈柴的劈柴，烧锅的烧锅，剁馅的剁馅，相互协作着，共同投入忙碌的蒸馍之中。一笼笼的馍在蒸汽喷冒中被提溜了出来，再一笼笼重新放入锅里。从天亮，蒸到天黑，蒸熟的馍在木仓里堆成了山丘，蒸馍活动才宣告结束。

令我好奇的，倒不在于馍数量之多寡，而在于馍花色品种之繁复。从大的范围讲，可以把馍分为包子和非包子。但每一个名头下，都是一块杂色布。包子相对简单些，由于日子的寒碜，村里人不敢亦不能在包子上过度讲究。穷人不自量力地讲究，会遭嘲笑，被斥之为穷讲究。宽裕一点的人家，包子不过三种：肉包子、豆腐包子以及豆子包子。而日子捉襟见肘的人家，肉包子是没有的，唯有豆腐包子和豆子包子。村里流行着一句话：有肉不吃豆腐。但如果没有肉呢？只能退而求其次，让在肉面前相形见绌的豆腐来担当主角。招待客人，割一斤豆腐，包两碗饺子，那是最高礼遇。

蒸馍的花样，主要体现在非包子上。家家户户的主妇，都在馍的造型上处心积虑。那堆面团，宛若泥塑艺人手中的泥巴，想怎么捏就怎么捏，想捏成什么就是什么。如果把那些蒸出来的馍按照不同的样式予以挑拣，聚合在一起，给人的感觉，仿佛一个栩栩如生的动物世界：兔娃馍，蝎子馍，羊娃馍，狗娃馍，猴娃馍，长虫（把蛇叫长虫）馍，老虎馍，等等。兔子由于性情温顺乖巧，深得村民的喜爱，因此，兔娃馍最流行，几乎家家都蒸。蝎子和长虫令人惧怕而又厌恶，它们躲在暗处，像诡计多端的小人，总想着偷偷地叮人一下或咬人一口。不喜欢它们，为何却要把馍做成它们的模样？原因在于村里一直盛传着这样的说法：吃了蝎子馍，一年不被蝎子蜇；吃了长虫馍，一年不被长虫咬。蝎子馍和长虫馍晾凉后，拿根绳子拴起来，挂在墙上。家里人路过时，这个捉住咬一口，那个捉住咬一口。羊娃馍狗娃馍猴娃馍之类，蒸不蒸，蒸多少，皆取决于这个年是什么年。是羊年，羊娃馍就卧满了锅笼；是猴年，猴娃馍就排列成行。与剪窗花相类似，猪永远都是缺席者。猪肉可以上席面，猪馍却不行。

动物馍，五官清晰，表情逼真。在动物的眼睛和鼻孔处，嵌入两粒绿豆；在动物的嘴巴处，嵌上一粒黑豆。如此这般，动物就有了灵性，仿佛你吃它时，它正睁大着眼睛，咄咄逼人地盯着你呢！兔娃的耳朵一定要捏大，捏成迎风耳，那样兔娃就有福了，吃了兔娃馍的孩子更有福了。

蒸完馍，女人开始做菜以及炸麻糖。按照村里代代沿袭的老规矩，过年的菜，一定要做成七大碟八大碗。然而，巧妇难为无米之炊，手艺再精湛，规矩再铁打，没有原料皆枉然。由于穷困，大多数人家哪能顾得上讲规矩？于是，只好以烩菜代之。烩菜的主角除了萝卜，还是萝卜。萝卜被切成方块，扔进锅里，舀几勺煮肉时储存的腥汤泼进去，再倒进半桶水，撒一些颗粒盐和胡椒粉五香粉等，然后把少许的白菜叶子、豆腐、粉条等，掺入其中。柴火慢慢地填，风箱缓缓地拉，经过两个多小时的温火熬煮，萝卜糜烂，烩菜的香味便从锅盖的缝隙溢了出来。萝卜出自于自家的地里，廉价而实用，一直陪伴着农家，也一直滋养着农家孩子的成长。过年前，村妇们在厨房里忙碌的最后一件事，也与萝卜有关——她们要把萝卜放进锅里，一个劲儿地熬煮，直至把萝卜熬成黑漆漆的糊糊，糊糊又凝结成黑油油明溜溜的酱板，以便招待客人吃酸汤挂面时使用。

麻糖是一种油炸食品，近似于麻花，却又不是麻花。炸不炸麻糖，村妇说了不算，得由瓶子里的菜油说了算。菜油如果尚有些许，就拉开架势烹炸；油瓶如果快要底朝天了，就忍痛割爱。

男人们在年关逼近时多半都会去一回城里，主要是为采购一些爆仗和零碎品。步行十公里，来来回回都要经过一道悠长悠长的斜坡路，等暮色降临，返回村里的疲惫身影，一个，或几个，黑爪爪地闪现于村头。走进家门，未放下肩上的褡裢，孩子们就围拢了过来，一个父亲的怜爱与幸福，此刻弥漫了心底，亦写满了脸庞。手伸进左口袋，掏出几颗洋糖，一人散发一个；又伸进右口袋，掏出一把爆仗，摊在掌心里，拨拉着数一数，按人头分发。男孩子总能占到便宜，领到的多，女孩子领到的少，却也不争不吵。手头即使再拮据，爆仗却总是要买的。因为繁杂的过年，经孩子大脑的简化，仅留下了三项内容：穿新衣，吃肉饭，放鞭炮。有无爆仗放，关乎短不短孩子的精神。家境好的人家，买一串爆仗；家境不好的人家，买的是零碎的爆仗。那时候的爆仗，红巴巴的，很是瘦小，形似火柴棍，只是比火柴棍略粗一些。即使是一串鞭炮，也仅有擀面杖那么长。一串爆仗，向人夸耀起来似乎显得更有面子，但真止燃放起来，却也和零碎爆仗差不了太多。一串爆仗，源于零碎爆仗的串联——把零零碎碎的爆仗用一根细线串起来，便变成一串爆仗——燃放时，将那一串截断拆分，分成好几段，并特意剥离出一些零星爆仗来。因为仅有的一串爆仗，不足以应对不同时段的燃放需求。除夕要放，初一清晨要放，孩子玩耍时也要一个一个地放。

除夕的下午，多数家庭都会煮挂面吃。天微微发暗，村子里这儿一声脆响，那儿一声脆响，过年就算开始了。在门外给祖先们烧一沓火纸，然后女人们就张罗起包饺子来。饺子当晚并不吃，只是为第二天早上做着准备。每一个家庭，少则六七口人，多则数十口人，因此，饺子要包很多很多。

过年的滋味

在渭北，或者在关中，除夕那天不算过年，真正的过年，是农历的大年初一。

天还未亮，公鸡甚至还未引吭鸣叫，可钻在被窝里的孩子，早已激动得无法继续沉眠了。对于孩子们而言，过年是一年当中最为幸福的一天。起床后，跑到院子里，从口袋里摸出一个爆仗，插进墙缝，颤颤巍巍地擦着火柴，蹑手蹑脚地移近爆仗。火苗还未挨到爆仗的引线，自己却已惊慌失措，赶紧扔掉火柴，双手捂耳，躲得远远的。一次又一次，浪费掉十几根火柴，爆仗才终于炸响。于是，这儿咚地一声，那儿咚地一声，贪睡人的酣梦，硬是被这咚咚声敲击得七零八落。

孩子们的新衣，大多是经过染色的旧布。能在过年时给孩子购买新衣的人家，实在是寥寥无几。多数人家都是靠着给旧衣染色，从而让孩子滋生出一种穿新衣的幻觉。染布是农村妇女的一项基本技能，它与做饭、织布一样平常。主妇们把买回的一包染料，撕开一个口子，将那些黑色的粉末抖进偌大的饭锅里，让粉末与锅里的水相融。搜罗来全家男人的旧衣，一件一件地浸泡进去。盖上锅盖，坐在灶前烧火，拉送风箱的咣当声很有节奏地响着。等锅里冒起了蒸汽，烧火停歇，但此时并不能马上揭开锅盖，而是要将其捂住，让衣物在锅里焖上半个小时。衣物着色后，拎着湿淋淋的衣物，搭在门外的树枝上或摊在毛糙的草垛上晾晒。衣服风干后，硬梆梆蓬扎扎的，宛若一片片烤焦的锅巴。主妇收拢了衣物，将其强行折叠，放于捶布石上，并跪于捶布石前，举根棒槌，反反复复地捶打。

生活很是原始，穿衣靠织布，犁地靠耕牛，烧火靠风箱，磨面靠石磨。家里除了那盏垂吊在半空的十五瓦灯泡，其他与现代生活基本上毫不搭界。家里泥地泥炕，剔除锅铲和镢头铁锨等少许的铁器，满眼都是土。一种自给自足的表象，掩盖着的，其实是既不能自给又不能自足的窘迫现实。不说别的，单收割碾打的粮食，一粒不剩地吸纳进生产队的粮仓这一点，就能将自给自足的美梦击个粉碎。满满当当的粮仓外面，游荡的皆为面黄肌瘦的面孔与羸弱不堪的身躯。

农村的男人女人，十之八九，穿的都是自家的织布机上织造的粗布。没有棉花，就在后半夜去邻村的棉地里偷摘棉桃。做小偷毕竟不那么光彩，于是妇女们三五个人结伴去偷棉花，却也这拨人提防着那拨人，那拨人回避着这拨人，唯恐被对方发现。胆子小的人，只好无棉可纺，无线可织。家里人的穿衣，于是便成了一个大难题。粮食是吃，棉花是穿。在物质极其匮乏的年代，所有的吃穿，全得凭自己。棉花的用途极其广泛，除了织布，还要做棉衣缝棉被，然而，奇怪的是，生产队却鲜有耕种棉花的时候，自然也就谈不上分配棉花。我们村不耕种棉花的原因，说起来颇有几分滑稽——队长皮肤过敏，看见棉花会浑身发痒。

天蒙蒙亮，一家一户的饺子就端上了桌。我们家总是行动迟缓，母亲打发姐姐刚点燃锅灶，那些吃过年饭的小孩子，已像活蹦乱跳的皮球，纷纷地滚到我们家来串门了。小孩子们的脸上喜气洋洋，一边摩挲着身上的新衣，摇摆着头上的新帽，一边比画着手势，采取迂回战术，拐弯抹角地夸耀起他们家早上的饭食来——八道菜或十道菜，其中有两盘肥肉，吃起来很香很香，而且，全家的男女老少，个个都喝了酒。那个烧酒呀，比辣子都辣！他父亲喝得脸像一张红纸，他姐姐喝得连吃进肚里的菜叶都呕了出来，他只是用舌尖舔了舔，舌头竟都烧乎乎的。酒很辣很辣，很辣的酒才是好酒……呵呵，昨晚上，他硬是激动得睡不着，凌晨三点就爬起来放炮了，那个爆仗，像炸雷一样，咚地一声，吓得鸡窝里的鸡都扑棱着翅膀乱叫呢！还有，他父亲给他发了洋糖，还发了两毛钱的压岁钱，嘿嘿嘿，他成有钱人了……孩子们攀比着新衣，比试着谁兜里的爆仗多，然后就在我家院子里戏耍了起来，时而点燃一个爆仗，时而狗撵兔子般地相互追逐。

一般情况下，吃饺子前，仿佛必经的程序那样，全家人都要围坐在炕沿，象征性地喝上几盅酒。没有餐桌，六碟凉菜就摆放在炕上，父亲取出那个生锈的铜酒壶，先斟上一盅，祭献给早已过世的祖父祖母以及曾祖父曾祖母等，说一些“过年了，都回来喝酒吃饭”之类的话。接着，他毫不谦让地自斟自饮了一杯，之后，酒盅就在各人面前击鼓传花那般地转了起来。你递给我，我递给他，空酒盅空转着，鲜有人真正将酒喝进肚里。酒为散装的烧酒，两毛五一斤，是从供销社里买来的。喝酒时，母亲不在现场，她正在灶房里给我们煮饺子。不一会儿，饺子端了上来。与平时的吃不饱相比，这天的早饭完毕，每个空瘪瘪的肚子，都填装得鼓鼓囊囊。

饺子大多是白面做的，但有时，却要往白面里掺杂黄亮亮的玉米面。即使白面与玉米面搅混，过年的生活还是比平常好了许多，但也有连一碗“两搅”面粉也没有的时候。记得有一年，大年初一日日逼近，父母四处奔跑着，求爷爷告奶奶地借粮，差点儿给人下跪作揖。父母的期待值并不高，只是希望借到一斗麦子，将其从速磨成面粉，在过年这一天，让我们至少吃上饺子。但敲开了许多人家的门，均无功而返。直到腊月三十，有一户人家总算开恩，愿意借给我家一斗荞麦。父亲把半袋子荞麦背回家，一家人齐上阵，轮流推着石磨转圈圈，把荞麦磨成了粉。初一早上，无计可施的母亲，就给我们煮了一锅的荞面饺子。荞面饺子的皮擀得很厚，不然，就会开裂，难以包住馅料。每包一个饺子，母亲和姐姐都要捏弄好半天。饺子下进锅里，煮了又煮，捞上来后，吃起来依然有点儿发硬。但吃了荞面饺子，总比把嘴空挂起来喝西北风要好一些。

我家的这个年，过得很是凄惨，但还不是村里最惨的。记得饺子出锅后，母亲取来一个大号的老碗，满满当当地盛了一碗饺子，让我给一户人家端去。她对那户人家的详情，不但熟知于心，而且牵挂不已。那户人家是贫农成分，又是烈属家庭，一遇忆苦思甜，男主人的脸上就闪烁起了熠熠的光泽，但活动结束，就复原回满面愁绪的灰青状。家里有十二个孩子，单双胞胎，就有三对。由于自小营养不良，那些孩子，个个都像冬青一样，怎么长都长不高长不壮。

我端着一老碗荞面饺子，推开他家的大门。院子空无一人，风从羊棚上吹落下来的一片片破塑料纸，撕扯着，缠绕在一棵椿树的根部，给人以荒芜之感。挑开那道褴褛而肮脏的布门帘，却见那家人全都蒙头而睡，没有起炕。那座大炕上，仅有一床偌大的旧棉被，棉被的一圈，露出了一个个的脑袋。父亲睡在这头，母亲睡在那头，两个人其实都已清醒，却故意闭目装睡。父亲听到有响动，还特意拉响长长短短的鼾声，以掩饰无饭可吃的尴尬。母亲起炕后，接过我的那碗饺子，所有的孩子，都瞪圆一双直勾勾的眼睛，盯着母亲看，想象着自己能扒在碗沿，狠咬上那么一口。就在这时，一个浑身光溜溜的小男孩打算去门外撒尿，他拽过一件破旧的棉上衣，披在身上，敛着怀，猫

过年期间，村里人还是很乐意挤在一起剃头，不为别的，只为图个热闹。

着腰，赤裸着下半身，冲锋一般地冲向门外凛冽的寒风。小男孩返回后，脱去棉外套，又光溜溜地钻入了被窝，而另一个小男孩起身，又将那件外套披挂在自己的身上，以同样的姿势冲向门外……这户人家入冬后无衣可穿，几个人同穿一条裤子的传闻，曾被当作笑谈，在村里飘荡。如果不是我亲眼所见，我绝然不会相信它是真的。

但两年后，过年无一碗面粉包饺子的这户人家，其生活状态，却神不知鬼不觉地发生了变化，至少，再也不会为吃饭而眉头紧皱了。他们不但过年有白面饺子吃，而且即使是在春荒时节，诸多家庭面临断炊，靠蒸野菜煮萝卜勉强度日，他们家孩子们的手里，举的还是雪白雪白的馒头，甚至还有黄灿灿的花卷馍。追溯源头，皆因男主人的裤带上，垂吊起了生产队粮仓的一把钥匙。男主人是村贫协主席，原来只是个名头，并无实权。但新政策规定，村上的粮仓，要让贫下中农参与监督。作为贫协主席，他自然是不二人选。过去队上的粮仓挂有三把锁子，相应的，也就配有三把钥匙：队长一把，会计一把，出纳一把。现在，则变成四把锁子四把钥匙，那增加的一把，无疑握在了贫协主席的手里。也就是说，四个人必须同时出现在现场，才能将粮仓的大门开启。

粮仓位于饲养室的前面。那座由我父亲亲手砌筑的四间大瓦房，在小小的村落里，与村民们简陋低矮的房舍相比，显得似乎恢宏了一些。我的六叔是队里的饲养员，为生产队喂养牲口长达数十年。有一天，六叔的情绪格外低落，总有一种大祸临头的预感挥之不去。询问原由，在一次次的欲言又止后，六叔才向与自己私交甚笃的人透露了实情：后半夜，六叔摸黑从家里去饲养室，未曾料到的是，途中与队上的几位头头脑脑撞了个满怀。那些头头脑脑刚刚瓜分完粮食，有的拉着载着粮袋的架子车，有的肩膀扛着粮袋，正在往自家的方向行进。月光之下，那些人认出了六叔，六叔也认出了那些人，但彼此间未曾搭话，唯有队长重重地咳嗽了一声，显然是在警告六叔别嘴尖毛长。胆小怕事的六叔听到那“平地一声春雷响”般的咳嗽，打了一个寒噤，腿发软，魂魄散，乃至于在很多天里，他都心有余悸，惶惶不可终日。队长官不大，但权不小，从工分的等级评定到分粮秤杆的虚实，哪一样不握在队长的手里……

吃过早饭，本族人要相互走动。那些男丁，或独自一人，或结伴而行，要一家一家地去磕头。步入某户族人的家门，不进入屋子，而是立于院子中央，面向房门或窑门，叫一声“五叔五娘，我给你们磕头了”，然后就折叠膝盖，跪下身去，双手作揖，行三叩首之礼。礼毕，起身，掸掸衣物上的尘土，退出大门，又去另一家磕头。

凡本年度嫁到本族的新娘，也被小姑子领着，要一家一家地串门，名曰“认门”。小姑子把年长者一一介绍给新媳妇，说这是三伯三妈，那是六叔六娘。新媳妇随着小姑子的尾音，羞怯地叫上一遍。在炕沿上稍坐片刻，拉扯几句闲话，三妈或六娘必会揭开柜盖，取出早已备好的一双袜子或一方手帕，交给新媳妇。新媳妇推辞几番后，将礼物揣进了衣兜，然后起身告辞。

中午时分，村子里要么唱戏，要么戏人。演戏的时间并不固定，要依据演员的闲忙来安排。有时一个主演感冒了，喉咙发炎，说不出话来，演戏就要往后拖延好几天。若不演戏，村民们就自寻其乐，其中的一项内容，就是骑牛。

谁家在这一年里抱了个“带把”的孙子，那可是天大的喜事，谁就注定要成为大家奚落的对象。而得了孙女的人，落落寡欢，无人贺喜。孙子和孙女，虽一字之差，但在乡村人的心里，重量有别，两者之间有着严格的区分。村里的妇女常常自己看不起自己，一说起女孩子，满脸不屑。

那些喜欢逗乐的男女，把新得了孙子的老头或老妪，推搡到村里的碾场里，自己则转过身去，缩进某户人家的灶房，在灶头被烟熏黑处，用手掌一蹭一抓。返回现场后，牵来某户人家的公牛，一伙人乱手乱胳膊地把老头或老妪强行推上牛背。然后，这个踮起脚尖在骑牛者的脸上抹一把，那个伸长手臂在骑牛者的脖子上抹一把，三下两下，骑牛者已变成一个大花脸，显现出几分滑稽相来。然而，骑牛者并不气恼，只是咧着嘴笑。牛的脾气本来就犟，有人还要在热情高涨之余，忍不住地踢牛一脚，或抽牛一鞭子。无辜受罚的牛，越发地狂躁。牛努力地想摆脱背上的重负，冲出人的包围圈，于是一会儿扬着前蹄，一会儿蹬着后蹄，一会儿甩着头，一会儿摆着尾，甚至又蹦又跳，直至把那个骑牛的老头或老妪颠簸得跌落下来。跌下来，又扶上去，只是为图个乐。当骑牛者的脸被涂抹得花花拉拉，当骑牛者从牛背上重重地跌落，人群里总能爆发出一片哄笑声，一片喧哗声，一片叫骂声。平日里有点隔阂和矛盾的人，在推搡与联手中，面上的尴尬被抹去，心中的疙瘩遭消解。每个人的脸上，都笑得“四分五裂”。

拜年遭遇拦路虎

农村人的亲戚要比城里人多许多。亲戚多，拜年期限就拖得很长。城里人的亲戚，两代人过后，彼此已疏远陌生，相遇而不相认。但农村则大为不同，五代人过去，亲戚还是亲戚，十八代人过去，本家还是本家。“沾亲带故”一词，仿佛是专为农村人发明的。只要追溯起来，相互间有点儿拐弯抹角的交错与粘连，都可视对方为自己的亲戚。

一切亲戚，皆是婚姻的衍生物。有婚姻，才有亲戚。走亲戚，本是民间私人化的活动，但有那么两三年，拜年就突然遭到了来自官方的明令禁止。我记得清楚，大年过后，初二至初十，每一个出村的路口，都有四个民兵——本村年轻的男性村民——严加把守。两个民兵分站于路的两旁，拉一根粗壮结实的牛皮绳，每人手里拽着个绳头。另外两个民兵背着两杆枪，既为拉绳的民兵壮威，又时刻准备着追击那些漏网之鱼。有谁一旦突破绳子的阻拦，慌忙逃窜，背枪的民兵就撒腿狂追。枪看起来挺吓人，但实则却是一杆木枪，类似于稻谷地里用于吓唬麻雀的稻草人。这些经过凿刻的貌似枪杆的粗木棍，其主要功能，是用以民兵军训时的操练。

禁止拜年，却禁止不住一颗颗翩翩欲飞的心。有人要趁过年的机会，探望病中的舅父；有人早已精挑细选了厚礼，打算回娘家孝敬父母……诸如此类的奢望，都不得不在一根绳子面前止步。但总有一些人不死心，不甘于就此作罢，企图蒙混过关。先是求情，说一堆套近乎的话；继而强闯硬拼，一旦摆脱束缚，就兔子般地撒开双腿奔跑。几乎每一个关口，天一放亮就开始喊喊叫叫，骂骂咧咧，拉拉扯扯。有人看见自己的点心，或抛落在了地上，或被民兵偷咬了一口，便如被激怒的狮子，不惜动起拳脚，与民兵纠缠扭打在了一起。

天天吵，天天追，把路者也厌倦了，懈怠了。被人指着鼻尖或脊梁杆子骂，心里终归不那么舒坦。时间一长，民兵们打起了盹，看见了装作没看见，懒得再去追，懒得再去拽，任凭人们冲栏破关。再说了，一旦闹出了是非，邀来队长评理，队长的“滑头”表现，也让民兵们心里冰凉冰凉的。队长来到现场，哼哼哈哈，打着圆场，说着八面不撞的话，不分对错，不论长短，其情其态，仿佛戏里的县官断案：你二人说的都有理。队长一方面叮咛民兵要严防死守，决不能让一条鱼漏网；另一方面给这个开恩，给那个放行，让民兵唱黑脸，自己唱红脸。当民兵被大家恶狠狠地咒骂时，队长却大获颂赞：就二牛那个挨木锉的可憎，把个麦枝枝子当拐拐子拄，你看人家队长多通情达理！或者：三娃子就不是个好东西，队长让他把路，只是意思意思，谁知他硬是不让我过，把我布袋的绳绳都给拽断了，还抽了我一耳光。

禁止拜年的规定，仅遵照执行了两年，便如昙花那般，悄然地枯萎了。拜年在农村人的眼里，是一项不能简化更不能裁剪的活动，比天大，比地重，那年是非拜不可的。

亲戚间的人情冷暖

当拜年重新活跃起来以后，那些宽宽窄窄的大路小路上，人流涌动，南来北往者人人都拎着或背着一个布包，或疾走，或慢行，除个别人骑着一辆自行车，大部分人依赖的都是自己的两只脚。

初二舅家，初三丈人家，初四姑姑家，初五姨姨家，初六以后，就变成了赴远亲拜年。舅是群山中的巅峰，名头最高，分量最重，在排序中永远首屈一指。分家要靠舅舅来分，订亲要靠舅舅出场，母亲病故要靠舅家的人摆一桌祭饭和在棺木上钉那“三斧头”。舅舅酷似亲戚中的高衙门，须时常进贡，勤于烧香，才能水到渠成。平时疏远疏忽，到了关键时刻，舅舅或舅家的人就会表情结冰，大摆其谱，纵然三番五次地出面恳求，也未必能够搬动他们的腿。拜年时，给舅舅家和丈人家的礼品是最重的。但所谓的最重，也不过是一斤点心或半斤点心。一斤点心八个，半斤点心四个。那年月，一个县仅一家县办食品厂，那里面出产的点心，硬若鹅卵石，但啃得动与啃不动，都得购买。村里人说起那点心，都要在前面加上“干蛋蛋”三个字，总是“干蛋蛋点心”如何如何，“干蛋蛋点心”怎样怎样。吃点心近乎于奢侈，多数人只能可望而不可及。说点心为“干蛋蛋”者的言不由衷，显而易见。村里人一说起点心，嘴馋得口水都要流下来了，却要故作不屑，自我安慰和掩饰道：干蛋蛋点心有啥好吃的？咬一口，都能把牙磕掉！对点心质量不满引发的调侃，一直持续到八十年代中期。有人将点心做成谜语，供人猜测：一曰，把点心打一个国家的名字；二曰，把点心打一个外国领导人的名字。猜谜者尚在云里雾里浮游，出题者却已迫不及待地亮出了底牌：前者的答案是刚果，后者的答案是铁托（坨）。

给舅舅、丈人拎半斤点心，给姑姑、姨姨以及其他人的礼物均是一把挂面。挂面不是买的，是自己手工制作的。有很多人家，既买不起那四个点心，也没有那一把挂面，于是就暂且按兵不动，静候着亲戚来上门。亲戚放下的礼品，就成了他们转送出去的拜年之物。礼品巡回着，周转着，像击鼓传花那般，你送给我，我送给你——我前些天才送出去的礼品，几经倒手，几经周游，也许今天又返回到了我的手里。有些礼品，竟然游走了好几年，等主人解开捆绑的绳子，剥开包装纸，打算尝一口新鲜时，却发现点心已发霉，浑身长满了灰毛，毛茸茸的。

前去拜年，或前来拜年，一定要吃饭。拜年表达着一种敬意和亲善，但在这种冠冕堂皇的理由背后，潜藏着一种无法说出口的隐秘，那就是蹭饭。平时总是吃不饱，或者吃不好，利用过年，一定要把肠胃滋润滋润，犒劳犒劳。农村人给人帮忙，从不收取费用，但并非不隐含一点私利。有人就大声地将帮忙的缘由高唱了出来：管它挣不挣钱，先要落个肚肚圆。肚肚圆，就是帮忙的初衷。同样的，肚肚圆，也是拜年的动力。

家家都不富裕，主人招待客人，虽然已足够慷慨，甚至是倾其所有，但能端上桌面的东西，实在屈指可数。几盘凉菜，薄薄的一层，连碟底都苫不住。接着抱来一个泥砌的火炉，点燃后，把一个砂锅架于其上。砂锅里盛着烩菜，而烩菜的主体，则是萝卜疙瘩。烩菜的表面，覆盖着三两片肉。烩菜在干柴的燃烧中，咕咚咕咚地冒着泡儿，一圈人干咽着唾沫，紧盯着那几片肉看。等主人发了话，说一句“吃吧吃吧”，一眨眼，那几片肉便不翼而飞了。眼疾手快的人，筷子早已搭在锅沿，一看到主人喉结蠕动，立刻对肉下手。其他人反应过来，急忙操起筷子，却也只能捞着萝卜疙瘩吃了。萝卜疙瘩也是数量有限，经不住筷子与筷子的磕碰，三下五除二，砂锅里只剩下些许的汤汁。

领压岁钱，也是孩子愿意跟随大人前去拜年的一个重要因素。一般家庭，对那些十岁以下的孩子，都要发一毛钱。稍好一些的家庭，则发两毛钱。一毛钱两毛钱，在孩子的眼里，都宛若巨款，促使着那两条小腿，撒欢似的奔跑，乃至于走十里八里的长路，都不叫苦喊累。

我祖母和母亲的娘家，都是在一条名为“锦阳川”的川道里。那条川，离县城很近，在我家乡那一带，相对而言，算得上是富庶之地。川里有一条四季流淌的小河，水浇沃土，气候温润，属于国家定点的蔬菜区。种植蔬菜，比种植粮食显然更有收益，这使大部分农户的手里尚有一些零钱可自行支配。

小时候，我是家里外出拜年的主力。但实际上，我并非那么喜欢走亲戚。亲戚之间，也充满了势利。你的日子过得好，或者你在外工作有地位，亲戚就待你热情；你家若穷苦不堪，又来自于偏远地带，亲戚对你就只有搪塞敷衍。

人是代代沿袭的。每一代人，都有自己的长辈。等我能跑着拜年时，父亲的长辈只剩下了一人，那是他的姨姨，也就是我祖母的姐姐。那个被我叫作姨婆的小脚女人健在时，每到初三，我都要随父亲去给她拜年。她是父亲心目中最为重要的人，父亲一定要亲自前往。父亲年幼丧失双亲，姨婆对他关照有加。姨婆待他若亲儿，他视姨婆如亲母。时年，姨婆已八十多岁了，大概是腿脚不便的缘故，我见到她时，她总是坐在炕上，倚墙盘腿，面相亲和。她个头很高，只是略略显得有点儿瘦削。其体态，其风采，即使已枯朽老迈，依然显得素雅干练。姨婆每次见到我，都要揭开身后的席子，取出几个核桃和几粒洋糖，和颜悦色地递到我的手里。我从未见过自己的祖母，这当然是一个缺憾。年少时，我特别富于幻想。去坡地里割草，如果独自一人，就不急于动手，而是坐在飘浮的白云下，来一通漫无边际的胡思乱想。我的祖先们相继离开了这个世界，他们的不辞而别，让我的父亲由一个名门之后，沦落成一个孤儿，也使我一降临到这个世界，就感受到了自己身后的虚空。我想象着曾祖父作为官宦的威仪与荣耀，也猜测着祖父祖母的长相与脾性。一想起祖母，我的脑子里总会浮现出姨婆的影像。

外公在我五六岁时，离开了人间。自此，母亲在这个世界上，仅剩下了三个直系亲人：一个弟弟，一个叔叔，一个姨姨。母亲的叔叔，我称其为小外公；母亲的姨姨，我称其为姨婆。给小外公拜年，十之八九，任务都落在了我的肩上。给姨婆拜年，母亲总要亲自前往。母亲幼年丧母，姨婆照顾着她的吃穿，看护着她的成长，因此，她与姨婆之间的感情，深厚得形同母女。初二至初七，我家里的亲戚往来不断，母亲总是忙忙碌碌地招待着客人，脱不了身，于是总把给姨婆拜年的时间推至正月初八之后。母亲每次去，几乎都要牵着我的小手。姨婆拖着一双裹缠的袖珍小脚，仁善慈祥，姨夫爷不但个头大，嗓门大，而且心胸亦大，他们早就不把母亲当外人，对我自然也是怜爱有加。临告辞时，姨夫爷总要把手伸进内衣口袋里，取出早已准备好的两毛钱，塞到我手里。两毛钱，算是最高级别的待遇了。

拜年让我印象深刻的还有两户人家：一是我父亲的舅家，也就是我祖母的娘家；一是我姨姨家，姨姨是我母亲的亲堂妹。

我祖母的娘家人，只剩下了一户人家，那户人家姓田，男主人我叫其表叔，女主人我称其表婶。每年的大年初二，我都要携着礼品前往。表叔与我父亲的命运差不多，也是年幼双亲尽丧，他和我父亲同时寄养于我的另一个姨婆家，同睡一张炕，感情笃深。姨婆担忧侄子打光棍，致娘家香火中断，于是在她的操控下，我姑姑被许配给了一户张姓人家，前提条件是，那户人家的女儿，必须嫁给我表叔。也就是说，表叔娶的妻子，是我姑父的亲妹妹。

表叔是个忠厚之人，但很早就去世了。从我记事起，从未中断过给表叔拜年。但每一次我挑起门帘，脚跨进门槛，坐在炕上被窝里的表婶，斜睨着眼睛，所问的第一句话总是“你是哪里的”。这样的询问让我难堪，也使我感受到自己的无足轻重。年年去，但年年都不能走进她的记忆里。这等情状，类似于一下课，黑板上的粉笔字便被板刷擦掉那般，荡然无痕。

枯瘦的表婶似乎装有满腹的冤屈，急需找到一个倾诉的对象，我的到来，恰逢其时。表婶张合着薄薄的两片嘴唇，脸上的肌肉时不时地抽搐那么一下。整整一个漫长的中午，她都在给我数落着某个人的种种不是。今年她谴责着张婶，明年她唾骂着李妈，后年她控诉着赵嫂。她所骂的那些“不是人”的女人们，没有一个我认识，对她们，我甚至闻所未闻。我木呆呆地瞅着她，装出一副耐心听讲的样子，但其实心不在焉，根本没有将她说的话吸进耳朵里去。但我的厌烦情绪，不足以影响她絮絮叨叨的兴致。

认识表婶的人一提起她，就直摇头，说她很难缠，比某些女人天生的那双鹅掌脚还要难缠。言说者还给她贴了一个标签，曰“是非包子”。对包子，我们恐怕再熟悉不过了，但何谓“是非包子”呢？无非是说，她像一个包子那样，只是面皮所包的，不是韭菜粉条，不是南瓜冬瓜，不是豆沙桃仁，而是是是非非。是非就像馅料一样，鼓鼓囊囊地填满了她的腹腔，像肿瘤一样重压着她，像猫爪一样抓挠着她，像蝎子一样蜇刺着她，以至于她若不往外倾倒，便憋闷不堪，无法承受。

大千世界，如森林之无疆，如海洋之浩渺，什么样的人存在，都算不上稀奇，且都有各自存在的理由。数落人，既是表婶的优长，也是她活着的乐趣，更是她活着的目的——正是她没完没了地撇嘴与数落，我对人性的认知才得以丰富。

另一个令我难忘的人是我的姨姨。姨姨是一个极其小气的人，很在意一颗米粒的大小，很计较一根牙签的短长。也许是紧日子过久了的缘故，致使她总是愁容满面，唯恐自己吃亏。很多时候，我去拜年，脚跨进姨姨家的门槛时，姨姨正在送客出门。她把客人送走后，转身回到屋内，面朝门，努着嘴，朝着客人的背影，一边用手指着客人放在柜子上的礼品，一边对我和姨夫说：你看看，他都拿了些啥嘛！丢死人了，就半斤“天鹅蛋”（一种糕点）、一把挂面，亏他好意思往这里提？我让我的娃们去他家，提的都是一斤点心，可他的娃来我家，拿的却是半斤“天鹅蛋”！唉，害不害臊呀？精明得能在骨缝里剜肉吃！我不，我绝不学他，人家给你的是一斗，你给人家的却是一升，你咋就那么会算计呢？我不那样，我大方着呢！你提半斤，我就让我的娃们提一斤，看谁的脸发烧？

姨夫制止着姨姨，呵斥着姨姨，让她少唠唠几句。姨夫的性格与姨姨刚好相反，很大度，也很慷慨——当姨姨弯腰在地面的砖缝里捡拾撒落的馍屑时，姨夫早已把一个完整的馍，塞到了别人的手里——但姨夫的脾气不大好，经常性地当着来客的面，指着姨姨的鼻梁叫骂。骂多了，姨姨也就变成了一只橡皮球，任凭你怎么咆哮，怎么拍打，她都感受不到疼痛，也不会轻易受伤。姨姨簇成一团的袖珍小嘴，似乎未有片刻闲歇之时，总是一个劲儿地唠唠叨叨。她的唠叨，是姨夫发火的起因，更是姨夫的火气越来越旺的助燃剂。姨夫挥着手，跺着脚，由怒吼升级为叫骂，当姨夫的骂声还不怎么高亢时，姨姨依旧在自顾自地唠叨；当姨夫的骂声渐渐高扬时，姨姨这才压低了嗓门，但唠叨却没有中止；只有当姨夫猛拍桌子，暴怒得宛若一头疯狂的狮子，姨姨这才紧闭了嘴。但片刻之后，等姨夫停歇下来，姨姨的唠叨又“涛声依旧”。

姨夫对姨姨很不客气，但对客人却非常热情友好。我每次去拜年，姨夫都给我两毛钱。

当姨姨极尽挖苦与嘲讽客人的礼品过于轻薄时，说实话，我如坐针毡。因为我给她提的礼物，远不如那位客人。我猜想当我一旦离去，姨姨会不会也指着我的后背，历数我家人的小气呢?

正月里，有很多忌讳，比如某天不能动刀子，动了刀子会招致血光之灾；某天不能动针线，动了针线，针头会戳瞎眼睛；某天不能吵架骂人，骂了人嘴会歪抽到耳根上去；某天不能动土，动了土家庭将会不平顺，等等。而且，每天都有一个动物与日期相对应，比如今天是狗日，明天是鼠日，后天是猴日，大后天是蝎日，等等。到了属于某动物的那天，这个动物是万万不能招惹的，更不能伤之害之，猎之杀之。如果犯了忌，那就意味着这个动物必将与你为敌，啃你粮食，蜇你皮肤，咬你脚跟，染你疾病，绝对会让你此生不得安宁。这些动物在人的眼里是害虫，但越是有害，越是要投其所好，避让三分。

初七是人日。人日主要体现在吃拉魂面上。这天的傍晚，家家厨房的烟囱里，都是炊烟袅袅。主妇们弓身于案板旁，揉面团，使擀杖，抡大刀，切出一束束的面条来。面条要切得长，切得细，然后将其煮进锅里，捞进碗里，浇些臊子，调些盐醋，并放入油泼辣子，面条便油汪汪红亮亮的，看着都香。这碗面，名曰“拉魂面”，人人皆需吃。面条象征着绳索，据说，吃下拉魂面，就等于绳索把人的魂拴牢捆住了。

初十刚过，队长就立在崖畔，吹起了上工的哨子。吹一阵子，见人们磨磨蹭蹭地不肯出来，队长便放纵喉咙，骂了起来：不出工咋啦？是还没吃够得是？是吃得拉稀了得是？吃多了是要得噎食病的，你们就窝在屋里吃吧，吃吧，跟猪一样地继续吃吧！

旧时年前的磨面

耄耋老人对过年是挺忌惮的。跨过年关，年龄又要增高一岁。那层叠的年龄，仿佛不断垒高的砖石，最终会将他们愈发萎缩佝偻的身子，压得扑趴在地；但孩童却不一样，在他们童话般的想象里，没有哪个节气，比春节更让他们欢天喜地的了。吃好饭，穿新衣，放鞭炮，走亲戚，领压岁钱，还可以暂时摆脱课业无休止的纠缠。

物质匮乏的年代，人们筹备过年，仿佛老牛拉慢车那般，慢慢悠悠地。年关似乎日日逼近，但要伸手触摸，却怎么都够不着，抓不住。过年宛若一颗诱人的甜果，悬挂在一道又一道栏杆的尽头，想要靠近它，摘取它，品尝它，尚且需要接二连三地跨栏。尽管盐缺醋少，钱紧粮短，却也要历经刷墙、染衣、杀猪、剃头、磨面、蒸馍、炸麻叶、包饺子、祭祖等诸多程序。

之所以如此地循规蹈矩，除却秉持传统遵循古礼之外，也有唯恐矮人一头的心理在作祟。哪怕日常衣着褴褛，过年也要穿戴齐整；哪怕平时半饥半饱，过年这天也要吃饱喝足。然而，就程序而论，随便一道，都显得无比地拖沓和烦琐，远不像现代人在商场里采购年货那样，只要肯掏腰包，再庞杂的需求，一日之内就能悉数搞定。

不说别的，单说磨面，就能折腾得驴精疲力竭，人亦精疲力竭。晨曦乍现，磨坊里就有了响动。摸黑早起的男主人在给驴喂食饮水之后，便给驴的脖子套上夹板，将驴往磨坊里拉拽。驴貌似憨呆，其实并不笨，它深知拉磨的活计并不那么轻松，因此很不乐意去往磨坊。驴和人一样，平日里之所以在鞭子的驱赶下负重奔跑，那不是源于高尚，而是受之于生计的逼迫。驴是很犟很倔的，驴脾气和牛脾气不差上下。驴一经明白自己将要面临拉磨的苦役，便后退着身子，死活不肯就范。男主人拽不动驴，只好挥舞鞭子，一边粗话连篇地骂驴，一边用鞭梢在驴的后胯高举轻落。驴属主人的私有财产，主人哪能舍得让驴新添皮肉之伤？驴怕疼痛，也怕激怒主人，从而咎由自取地讨来重罚，于是见好就收，尽管不情不愿，却也一寸一寸地前移着蹄子。等主人把驴拽至磨道，把驴的眼睛用两块黑布蒙住，一切准备停当，一个时辰大概已被消磨而去。驴拉着磨石转圈圈，从日头东升，到暮色降临，但就其磨出的面粉，却不过一斗两斗而已。

当驴在绕着磨盘转圈的时候，女主人也在尾随着驴转圈。单凭驴，是无法独自完成磨面事宜的，必须得到来自于人的有效配合。女主人手忙脚乱，既要把倒在磨石上的麦子，用手往磨石的两个磨孔里徐徐推送，又要把流泻于磨盘的糟烂的麦麸，扫进小木锨，尔后端起小木锨将麦麸重新倒上磨石，并送入磨孔。经过驴一圈复一圈地转圈，经过女主人一遍又一遍地填充，多半天耗尽，磨缝里流出的，终于是白花花的面粉。

不是所有的家庭，都能买得起驴并养得起驴的。拥有驴的家庭，在一个村子，至多十之二三，而更多的住户只有依靠人力来推磨。没有驴，两条腿的人就充当起了四条腿的驴；驴拉磨要转多少圈，人推磨也要转多少圈。石磨很重，一个人推起来颇为吃力，于是绑在石磨半身的那根斜杠，总有两三人在合力推动。转圈久了，不但手臂酸痛，腿脚麻木，而且头也无比地昏晕。从磨坊里走出来，静立院子中央，却像脚踩高速旋转的轮盘，只觉天旋地转，就连天宇里高悬的星星，似乎都像醉酒者受到惊吓那般，慌乱逃窜。

一碗面条，一碟饺子，甚至一个馒头，一个包子，显而易见的是，它们皆不是取之于商场和熟食店的货架，而是由人力和驴力共同造就的，其背后的酸辛，恐怕唯有为之付出的人和驴，才能体味得到。

尽管如此，过年仍然令人欢欣鼓舞。过年的喜悦，以及口舌之香带来的满足，能把积攒一年的疲惫一笔勾销，也能让为生计而时常愁眉不展的脸庞笑容满面。

不谙世事之艰的孩子，对过年充满幻想，也充满留恋，他们说：天天过年多好啊！然而事实是，现在的孩子，单从物质的角度，其日常生活的豪奢，也远超旧时的过年。

乡村今夕观察

前言

很多人在怀念过去。怀念是一种经过大脑遴选的主观化活动：捡拾微渺的金粒，拂尘放大，让其熠熠闪光；无视满目的矿渣，任其蒙灰覆草，刻意回避忽略。

怀旧情绪犹如流感那般，是互相传染的，一人感冒，会诱发十个人打喷嚏。有害的病毒一经猖獗恣肆，无数的人就被它俘虏，从而深陷高烧的状态。人一旦发烧，思维就紊乱混沌，极易模糊妄想与现实的界线。

怀念过去，俨然已化为一种集体无意识的大合唱。但究其每个人歌唱的动因，却又不尽相同：有人在缅怀失去的青春，有人在留恋曾经的风光，有人基于对现状的不满，也有人居心叵测地致力于让男人重新留辫子，让女人重新裹脚。

任何一个时代，哪怕是很糟糕的时代，都不乏拥趸，都不缺被喂养得头大脖子粗的大腹便便者。既得利益者因为时代底牌的翻转而形容枯槁，很容易沦为旧纪年的哭丧者和新纪年的狂吠者。

过去究竟如何？便成为一个不能不正视、不能不追问的问题。真相本来只有一个，但在粉饰中，在涂彩中，原有的真相早已被面具隐藏，被假象所替代和遮蔽。

一个朋友向我发问：小时候过年怎么那么有意思，而现在过年一点意思都没有了呢？

我的回答是：小时候过年有意思，其因不在于“过年”，而在于“小时候”。年还是那种墨守成规的过法，只是不同年龄阶段的人，对过年的感受有着天壤之别而已。那时候你若是现在的年龄，你也会觉得没多大意思。另外，过年有无意思，还与物质的多寡不无关系。物质越是丰富，过年越是觉得没意思。相反，物质越是贫乏，过年越是觉得有意思。在某种程度上，过年就是对自己和家人在物质上的自我犒赏。穿一件经漂染的旧衣冒充的新衣，吃一碗平日里难得一尝的饺子，就千般地喜气洋洋，万般地幸福满足，这种幸福感，残留于记忆，就会化为对过年的期盼和对过年的怀想。可当吃饺子已成家常便饭，穿新衣已成生活常态，谁又能在乎过不过年呢？

天蓝地不绿

怀念过去，充斥着太多带有虚构性质的浮夸论调，其中渲染的重点之一，就是那时候的乡野，是何等的天蓝地绿。

天蓝地绿，是事实吗？我的答案是，只是一半的事实，而不是全部的事实。

天蓝确凿无疑，但地绿却值得商榷。

远远近近都没有工业，没有腾云驾雾的烟囱，乡村偶尔所见，不过是一炉炭火的小型铁匠铺。铁砧架于炉火之旁，刚用铁钳从炭火中夹出来的生铁，烫红烫红的，被搁置于铁砧之上，两个裸露上身的壮汉，一左一右地挥舞着铁锤，仿佛与那块生铁有仇似的，朝其猛烈地捶打。受到攻击的烙铁，既像因疼痛而肌肉抽搐，又似因愤怒而眼睛喷火，火星飞迸乱溅。一溪溪的汗水，颇像一条条明溜溜的蚯蚓，在壮汉黑黝黝的前胸与后背上，扭捏着，蠕动着。

走遍好几个村，才能与一个铁匠铺相遇。铁匠铺，也许就是当时农村唯一能与“制造”二字沾边的产业了。

曾几何时，民间盛传讥讽某地的段子，说某地的重工业是砸石子，轻工业是弹棉花，娱乐业是耍猴，旅游业是讨饭。岂不知，在嘲笑他人的时候，自己的亲人也难免躺着中枪，被牵连着亦遭到了嘲笑。事实上，那个年代，除了耍猴之外，其他三项，即砸石子、弹棉花和讨饭，正是在中国广袤的农村里，随处可觅的生活写真。

远离污染企业，连煤炭都买不起，烧锅靠柴草，烧炕靠柴草，而柴草虚弱缥缈的缕缕炊烟，还不足以将湛蓝的天空染灰。

落后与贫穷，于人的生活是一种不幸，但于生态却是一种大幸。贪婪的心在沉睡，大自然因未受到过度打扰也在沉眠。原始的生活方式，决定了星星光泽熠熠，月亮脉脉含情，树叶尚且翠绿，雾霾尚未投胎。

显而易见，天蓝，绝非人工之造化，而拜自然与落后的双重恩赐。

枣刺的兴衰

天蓝并不意味着地绿。两者尽管同处一个词组，犹如搭配的夫妻那般，在同一个锅里搅勺把，但实际上却貌合神离，并无必然的因果关联性。

传说中的地绿，是一则后世人制造的神话。神话一旦太过虚幻，无根无据，就与凭空捏造的谣言无异。

那时是否地绿？作为自小就在坡地里摸爬滚打，以割草砍柴为己任的“放羊娃”，我比之那些纸上的坐而论道者，显然更具发言权。

现在回乡村，令我最为惊讶的是，野草野棘，几乎覆盖了人迹罕至的每一个角落，一条条通往坡地的蜿蜒小径，皆因枣刺的张牙舞爪与撕扯磕绊，通行都变得异常艰难。

打眼一看，那些勾勾搭搭的枣刺，绝非刚刚出世的娇嫩婴儿，而是老气横秋得颇有了一把年纪。枣刺的躯干，常常比人的胳膊还要粗壮，而个头，有的足以与郑海霞（前女篮运动员）比试高矮。

枣刺的兴旺，以及诸多野草的繁茂，显示的不是人的仁慈，而是人的富裕。

曾几何时，枣刺在人的生活中肩负着重任，形若宝贝那般，被人逐猎，受人怜爱，但现在，枣刺却已成无用之废物，被人遗弃，遭人冷落。

爱亦是恨，宠幸亦是不幸——枣刺被人盯梢，被人抢夺，付出的，常常是生命夭亡的惨重代价。那些处于嫩芽的枣刺，未得罪过风，未得罪过雨，更与人无冤无仇，却被人挥舞的镰刃残忍地砍腰割头，最终，要么化为牛羊口中的美食，要么化为炕洞灶洞里飘出的袅袅青烟。

面对杀气腾腾的杀戮，枣刺无处躲藏，其最大的遗憾，恐怕就在于既无腿脚，又无翅膀。拥有腿脚，一定会逃跑；拥有翅膀，一定会飞掉——只要有能力踏上逃亡之路，就不会如此这般地坐以待毙，任人宰割了。

金银再贵重，都无法与生命的贵重画等号——世间没有什么比保命更为紧要的事了。

枣刺的时来运转，从一个侧面，为不同时期的地表地貌，做着无声而有力的注解。

枣刺是一种灌木植物，在北疆的大地上，它既普通平凡，又随处可见。枣刺的外表不柔和，不端庄，像蓬头垢面的泼妇那般，邋遢而刁蛮。与此同时，枣刺的性格也很固执，有着“野火烧不尽，春风吹又生”的倔强禀赋。它的根如同它的枝一样密匝蓬乱，潜藏于土层的深处。镰刃可以割掉其头，砍断其腰，但只要不除掉其根，根就咬牙坚挺着，不会咽下最后一口气。纵然腰身一茬茬地被利刃割走，但用不了多久，枣刺又会悄然地破土而出，抽出羸弱的新芽。

那个时候，枣刺生生不息，镰刃割割不止。但枣刺的生长速度再快，都别妄想能跑赢镰刃。放眼望去，满坡割草砍柴的老少，都在瞪大眼珠，扫描并捕捉着野草中的漏网之鱼。只要哪里还残留一点点的绿意，准会引诱众人趋之若鹜，蜂拥而至。绿色，在割草砍柴人的眼里，无异于饥饿者眼里有限供应的食物，人人都摩拳擦掌着，图谋于自己能将其霸占，并活生生地予以吞咽。

猪羊要吃草，灶洞炕洞要烧柴，于是一面坡又一面坡，甚至地垄路旁，皆逃不过镰刃的执着追踪。在镰刃不知疲倦的作用下，即使是春夏季节，沟沟岭岭，坡坡畔畔，也如秃子的头顶，给人以满目荒芜的视觉冲击。

过去与现在

一些朋友聊起过往，就呈现出一副心醉神迷的表情，给我的感觉，似乎过去他像是浸泡于蜜罐，而现在则像是被熬煮于药罐。

过去好，还是现在好？这是在日常的互动中，随时可遇的争论话题。面对这等问题，一千个人，也许就能给出一千个答案。而我的答案，向来都不含糊其辞：现在比过去好。

说现在好，不是说现在就是尽善尽美的，既无缺陷，又无弊端，只是强调现在与过去相较，优越之处更为明显和突出。

世间没有绝对的好，也没有绝对的坏，更不存在所谓的完美无瑕——任何极端化的表述，都有糊弄人之嫌，都违于事物的本来面目，比如把人神圣化，或把人妖魔化，皆与人的客观属性谬之千里——大凡所谓的好与坏，无一不是参照比较后才得出的结论。

那个年月人们的生活是简单的，心也是简单的，既没有太多的拥有，也没有太多的奢求。

安于清贫，亦忍于清贫，掰着指头花钱，规规矩矩地上下班。

人人都貌似清心寡欲——不是每个人都修炼成了和尚，红尘不染，而是思想改造运动接踵而至，谁也不敢不清心，不敢不寡欲。“斗私批修”热火朝天，谁敢暴露自己的贪心妄念？

那时流行的一句口号，叫“狠斗私字一闪念”。也就是说，脑子里哪怕只是闪过一缕为己谋利为己打算的念头，都有可能被狠狠批斗。

工作与吃喝之外，所剩余的大把闲暇时间，亲戚也好，朋友也罢，都用以相互走动上。从这家门里入，从那家门里出。久而久之，串门，就演化为中国人业余时间用来排解寂寞的一项极其重要的消遣活动，甚至固化为一种见惯不怪的生活习性。人是没有太多隐私的，门大多也是不用插门闩的，串门者把门一推，就跨步而进。三两个常来常往的朋友，今夜我去你那里，明晚你来我这里，于陋室之中，昏灯之下，或蹲或坐，抽着劣质香烟，吮着粗糙茶水，嘴角白沫淤积，唇舌唾液飞溅，时而言似冷枪，有一句没一句；时而语若山洪，奔流而下。闲扯至夜深，一边打着呵欠，一边深一脚浅一脚地打道回府。

串门当然也须三思而后行，和谁亲近，不和谁亲近，那可是关乎自身安危的严肃之事。稍有不慎，便会引火烧身。即使是最知心的朋友之间，哪些话可以像烟火一样地释放，哪些话只能像腌制咸菜一般密封于自己的腹内，皆得有所把握——每个人的言辞，其实都是经过过滤的。所谓的掏心掏肺，无话不说，只存在于虚构与想象之中。

生活是单调的，也是惊恐的，串门既是抵抗单调与淡化惊恐的有效手段，也是维系人际关系的唯一方式。串门多了，人和人的心理距离也就近了。那时候的人，虽然个个面目枯槁，鲜有大腹便便的胖子，买东西要票证，出外要开介绍信，但日子从表象上看，却是过得很逍遥的。慢慢腾腾的日子，犹如老牛爬坡，不急不躁，不慌不忙，人尽管在为油盐酱醋而发愁，却不会算计怎样才能把别人的钱装进自己的口袋，亦不为豪宅豪车而焦头烂额，不为孩子的择校分数而殚精竭虑。无报纸可读，无刊物可览，无电视可看，无手机可上网，歌舞厅、咖啡屋、洗脚屋、洗浴城、茶楼、麻将馆等，还都闻所未闻，更遑论赌场、赛马场以及高尔夫球场等这些土豪的游戏场所了。就连恋爱中的主角，也像地下工作者那样，偷偷摸摸的，唯恐被人瞧见并揭发。

现在是什么样子，其实是不用多言的，每个人皆置身其中，都会有切实的观察和感受。我在此想表达的是，不能因为有苍蝇，就诋毁春天；也不能因为没有苍蝇，就美化冬天。

腊八节里闻年声

小时候格外迷恋节日，尤其是对本民族最为重要的节日——春节，心既驰之，神又往之，可谓翘首以盼，梦寐以求。春节意味着吃好的、穿好的、放鞭炮、走亲戚，既能满足口福，又能尽享欢乐。

恍若老牛般慢腾腾的时间，一进入腊月，似乎就撒开双蹄，奔跑了起来。过年一天天地逼近，但过节前的事务，却扎堆成山。男主人忙着采购，忙着劈柴，忙着在磨石上反复磨砺剃头刀和杀猪刀，而女主人呢，则一声声地抱怨着，吆五喝六，忙碌于洗衣刷墙、淘米磨面，整个家庭的运行节奏，宛若催马加鞭。日子，突然之间就如经不住消耗的甘蔗，剁掉一截便少了一截。然而，孩子们却觉得时光依旧拖沓，他们掰着指头数日子，总盼望太阳一爬出东山，就迅速地从西山掉落而下，以便于春节能呼啸而至。

世间最高的山峰，总是掩映在若干个小山峰之后。要迈入春节，还有三个横亘的小节，犹如三重门槛，需要一道道地跨越。先是五豆节，继之腊八节，再之灶火爷节。五豆节相当于初春的迎春花，绽放于腊月的门户，向人们传递着春节即将莅临的讯息。灶火爷节含有明显的安抚动机，意图在于祈求和告慰诸神：春节到了，你们难免要被频繁打扰，请你们高抬贵手，安分守己，切不可到时候罢工撂挑子，更不可暴怒发脾气。

腊八节顾名思义，就是腊月初八。我最初听到“腊八”二字，总将它与“喇叭”混淆，以为腊八就是喇叭，喇叭亦是腊八。腊八和喇叭，读音相同，很难让懵懂的孩子分辨得清晰。随着年岁渐长，我当然搞明白了喇叭不是腊八，腊八亦不是喇叭，两者根本风马牛不相及。喇叭的属性是物质，指的是一种传播声音的工具；而腊八的属性是时间刻度，指向于农历腊月初八。

腊八与腊七或腊九，本无区别，只因老祖先将其设定为节日，于是它便从一群相貌雷同的平庸日子中跳跃而出，变得气宇轩昂，别具风韵。

腊八节是用来干什么的呢？依我之陋见，腊八不是喇叭，却神似喇叭，其意图与主旨，无疑在于广而告之。它类似于闹市中竖立的倒计时牌，提醒熙攘过往的行人，还剩余多少多少天，就是某个特殊之日。腊八节的设置，显然是想再一次向那些或麻木或健忘的人敲响警钟，并发出责问：过年已不久远，你还不有所准备吗？

五豆节提醒过一次，但一次尚且不够，唯有反反复复地提醒，人麻痹的神经才能被撼动。

腊八这天，不举行其他仪式，其主要内容，主要体现在饭食上。腊八节的饭食，不同的地域有着不同的理解与讲究。单就陕西而言，有的地方喝腊八粥，有的地方吃腊八面，步调并不一致。在我的故乡耀州，多数人侧重于吃腊八面，但在我目前生活的西安，萦绕于耳旁的，几乎都是有关腊八粥的喧嚷。

腊八粥的寓意，我不甚了了，但腊八面，因为自小就吃，于是从老一辈人含糊其辞的唠叨中，对其所指略知一二。老人们说，腊八面要揉得筋道，擀得很薄，切得又长又细，煮进锅里不能断茬，捞进碗里不能分须，如此吃进嘴里，咽进肚里，人才能延年益寿。腊八面的长度，隐喻着人寿命的长度。以此来看，人一方面在叹息“人的命，天注定”，另一方面，却很不情愿做天命的囚徒，总想着剪断天命的铁丝网，从而使自己的命运有所突破。人至为关切和忧患的，还是自己和儿女寿命之短长。寿与福相连，哪怕活着时吃糠咽菜，受苦受罪，但一句“好死不如赖活着”，就能将这些苦与罪彻底覆盖。

腊八面是傍晚时分吃的。当母亲弓着身子好不容易擀好了面，切好的面条下进锅里，继而捞进碗里，父亲点燃的三炷香已插进了香炉，一叠火纸亦在香炉的下方被点燃。孩子们对祭祀兴致索然，他们举着筷子，跃跃欲试，紧盯着碗里柔软的面条，几乎要流出瀑布般的口水来。当母亲允许动筷子之后，孩子们端起碗，三下五除二，一碗面条便在吧唧吧唧的声响中，连汤带水地落入腹中。

有好吃的就是过节，过节则意味着必有好吃的——节日之于孩子而言，就这么简单，也就这么幸福。幸福并不复杂，也不需要很多，一碗面条或一盘水饺，就足以让一颗颗小小的心灵，万花竞艳。

每个家庭的窗花，几乎都来自于自家的姑娘之手。一旦捧起那片红纸，操起那把小剪刀，乍一看很是颓秃粗笨的手指，立刻就变得灵巧了起来。

年末的表情

每逢年末，街道上本就杂乱的脚步愈发地杂乱，高跟鞋、皮靴、胶鞋、布鞋等，南来北往，穿梭不息，将地砖踩得咯吱咯吱地响。商家们都没闲着，各等招揽顾客的促销招数层出不穷，应有尽有：有的开动音响，震耳欲聋地循环播放着商品打折的信息；有的在打悲情牌，悬挂“滴血甩卖”的字样；有的门前站立多位小姑娘，不住地吆喝着，力图将过路的每一个人，像堤坝截流那般地拦进店里去。

街上的人各怀心事，但吊儿郎当的闲逛者已明显减少，多数人的步履比之往昔都有所加快，宛若一匹匹的小马驹那样撒腿奋蹄。人去往的方向不同，抵达的目的地亦不相同——有的是去购物，有的是去听健康讲座，有的是去医院探望病人，有的是去看电影，还有的是趁行人钱包鼓胀而又摩肩擦踵之时，伸出自己那只企图不劳而获的脏手。

年末将至，连乞丐都在收拾行囊，准备着打道回府。而对于步步逼近的节日，人所关注，亦各有侧重，并不整齐划一：有人窃喜于假期的来临，有人忧愁于食品价格的水涨船高；有人欢悦于将要增添新岁，有人伤感于又要别离一秋。悲也罢，喜也罢，时间这艘铁色大船，从来都不会顾盼人的心事和怜惜人的表情，它只是一个劲儿地向前挺进，从来都不肯停歇靠岸。

同样是过去了一年，三百六十五个日夜，闲人觉得很长，一天一天地熬着，总算熬到了尽头；忙人觉得很短，短得仿佛囫囵一觉，很多的人还没有相见，很多的事还来不及处置，却已到了终点。与此同时，收获也大为悬殊，有人攻城掠地，披金戴银；有人一事无成，囊中空空如也。收获与境遇的落差，很容易转化为一幅幅色彩各异的微型图影，藏匿于人的额头和眼角，最终化为其面相的阳光灿烂或坐拥愁城。

每一个年头，总会有人在笑着度过，也会有人在哭中度过。当然，笑和哭常常是在相互转化着，并非一成不变。今天的笑，有可能铺垫出明天的哭；今年的哭，也有可能烘托出明年的笑。在时间的河流里游泳，没有谁没被呛过水，也没有谁不曾被猛浪击打过。

一到年底，人总是很忙的，最忙的人，要么是家庭主妇，要么是公职人员，要么是大大小小的老板。家庭主妇忙于收拾屋子，拆洗被褥，采购货物，为过节而未雨绸缪；公职人员则要按流程总结过往，构想未来，并马不停蹄地参加这个年拜会那个联欢会，闲暇之余，查一下银行卡的余额，以对本年度的收益状况做到心中有数。老板们的表情大多是抑郁的，慌张的，他们一副脚不挨地的匆匆模样，大多奔跑在路上，不是在躲债，就是在要债。久借久欠，债务已然成为一团错综交织的乱麻，你欠我的，我欠他的，他又欠第三人的，但无论怎么赊欠，年底都是该结算的时候，也是该清偿的节点。于是你追着我要，我追着他要，要到手了就过个安生年，要不到手就玩失踪，任凭那些愤怒的讨债者，于除夕之夜，将大门像擂战鼓那般咚咚咚地锤击。

生活原本就是如此，既不像童话书里描绘的那样彩虹满天，也不像《聊斋志异》里写的那样鬼怪遍地。普通人过普通人的日子，胃口不大，欲望不高，只要物质上不缺柴米油盐酱醋茶，精神上有来自亲朋好友的问候，就觉得天大地阔，草绿花香。然而就其生活的本相而言，每一道被遮掩的窗户里，都有着外人无法感知的幸福，也都有着旁人无法体察的烦忧。

年末的表情是复杂的，寥寥几笔不足以穷尽。但不管去年是好是坏，在离别之时，都要朝其挥手致意。把昨天的烦恼留给昨天，面对新年的晨曦，我们重新开始迈步。在前行的路上，肯定还充满羁绊和挫折，但告诉自己：一切都会过去，一切都是暂时的，季节有四季，人生也有四季，而冬天的尽头，一定有春天在等待。

那年的高考（二题）

高考的前夜

我是二十世纪的一九七九年参加高考的，时值恢复高考制度的第三年。那个年代，大学的录取率极低，大约才百分之三。然而物以稀为贵，谁一旦榜上有名，瞬间就能轰动十里八乡，引发无数人的热议和羡慕。

高考日期为七月七日至九日，地点在县城中学。我们这些在乡村学校就读的孩子，按照通知，必须赶在前一天的傍晚，抵达县城的某个宿营地，如此，才不至于耽误第二天的考试。没有班车，自行车尚属个别家庭才能拥有，于是再遥远的路程，都有赖于两条腿的交替前行。粮食也极为短缺，若吃到一个白馒头，都能滋生出过年般的幸福体验。我母亲夹着一只空碗，借遍大半个村子，才借来一碗白面，将其与玉米面搅混后烙成锅盔，切成方块，一个不剩地塞入我的馍袋，算作我三天高考的伙食。十七岁的我，左肩背着一个用草绳捆住的旧铺盖卷，右肩挎着一个鼓鼓囊囊的馍袋，而馍袋的外面，用绳子拴着一个又烂又小的用于盛水的搪瓷缸子——这样的装束若放在现在，从街上经过，一定会招来不少路人的侧目和猜度。

从村里起程，独自前往县城。下长坡，过河桥，走柏油路，汗流浃背地步行十余公里，在太阳行将坠落之前，迈入了宿营地的大门。宿营地是火车站近旁的一所小学，名曰车站小学。学校放假，腾出来的教室，便充当我们的临时宿舍。我走进宿舍，放眼四望，却不免眉头紧皱：教室里的桌椅早已被瓜分完毕，各归其主，我和其他两三位后来者，连一条板凳都无法获得。课桌又窄又短，有两个人各占据了五六张，将其拼接成一个较大的睡铺；有一个人独霸了四张，却绝然不肯让出一张给他人。抢占不到课桌的，就退而求其次，将三四条板凳并拢在一起，勉强组合成一个睡铺。板凳并不整齐划一，有的腿长，有的腿短，有的因木楔松动而摇晃，有的因板面开裂而凹凸。

我央求过好几个同学，祈求他们看在平时关系要好的份上，也鉴于他们的铺位较为宽松，要么接纳我同睡，要么让出一两张课桌，但均被拒绝。手足无措之际，多亏小可的见义勇为，才解我困忧。平日里就和我过从甚密的小可，仅占有两张课桌，供他一人睡还勉强凑合，但要一并容纳两个“彪形小汉”，无疑有着不小的难度——这正是我求爷爷告奶奶，却未向他开口的原因。但此时的小可，仿佛两肋插刀的侠士，脸上浮现着对那些贪吃多占同学的鄙夷，一声不吭地抱走我弃扔在地面的铺盖卷，将其放在自己的床铺上——我拧成卷心菜般的心，在释然与感动之余，也就不再惊惧自己会像一件被遗弃的废品，依偎于墙角，与扫帚簸箕相伴着熬度漫漫长夜。

又短又窄的两张课桌，又怎么能摆放得下两个人？尽管我们都偏瘦，近乎于皮包骨头，但竖着睡，依旧有点儿冰箱装不进大象的局促，就只有选择横着睡了。并排横着躺，膝盖以下，皆垂吊于空中，连翻个身，都极其不易。好在历经持久地摸爬滚打，对各种苦累，我已习以为常，于是咬紧牙强忍着，既不叹息，也不呻吟。闲聊几句后，考虑到第二天的考试意义重大，就敛声屏气，闭合双目，希冀尽快沉入梦乡。

时值酷暑时节，即使是深夜，空气也仿佛熊熊烈燃的火焰，炙烤得人燥热难耐。学校的背后，是一条不洁的河流。那条河，被周边的住户当作抛扔垃圾和倾倒污秽的便利之处。这些污秽之物经水浸泡，又经烈阳暴晒蒸发，散发出浓郁的臭味。教室的窗子唯有木框子，没有玻璃，在汹涌的臭味弥漫整个教室的同时，蚊子也像密集的轰炸机那样呼啸而至。一个一个肥硕的蚊子，于寻寻觅觅的徘徊中，一边欢天喜地地贪婪吮血，一边莺歌燕舞地纵情狂欢……小可搔痒和拍打蚊子的声音，我清晰可闻。在燥热持续地熏烤和蚊子亢奋地叮咬下，我的睡眠就变成了装模作样——佯装酣睡，其实却整夜未眠。第二天晨起后，头脑昏昏涨涨，晕晕乎乎，犹如一袋煮沸的酒精——我就扛着那袋酒精，头重脚轻地朝考场摇摇晃晃而去。

高考揭榜的日子

那个年代的资讯传播还很滞后，没有电视，没有手机，没有网络，正所谓“耕地靠牛，交通靠走，通讯靠吼”。村头老树顶端架设的那个高音喇叭，神经质地响动那么几声，成为村民侧耳聆听的全部信息来源。当正规渠道的信息消匿时，民间的小道消息便会乘虚而入，宛若尘埃纷纷扰扰。

高考完毕，是漫长的等待期。随着日子的流逝，考生的心拧得越来越紧，悬得越来越高，既盼着命运攸关的宣判尽快来临，又惧怕那一刻来临时自己会被无情地淘汰出局——我就陷入这样的忐忑与惶恐中，焦虑得茶饭不思，夜不成寐。

时间拖得越久，谣言就越是被渲染得有鼻子有眼。在村民唾沫四溅的热议中，某村的某某某已被录取，某单位的某某某已领到了入学通知书……每一则这样的传闻，都仿佛是抡向我的一记闷棍，击打得我摇摇欲倒。母亲看我整日郁郁寡欢，便于某天清晨，孤身前往县城打探究竟，直至傍晚时分，她才拖着疲惫之躯蹒跚归来。母亲告诉我川道的河里突发洪水，她坐在河岸等到日头偏西，洪水依旧毫无退却的迹象，于是只好起身返回，顺道去了一趟舅舅家。母亲从舅舅家带回西红柿和黄瓜之类，分发给我吃，用以安抚我的情绪，而我却拒绝伸手去接。

那天晚上，我心慌慌，意乱乱，辗转反侧，竟一秒钟都未曾合眼。天亮后随村上的男女务工者，赴村旁坡下的研究所干活，一路尽管无言，但内心却狂浪翻滚：你也许天生就是抱石头的命，是打牛后半截的命，还是要认命啊！

暑期烈日炎炎，生产队承包的工程，是为一道垮塌的坝墙砌石，而分配给我的活计，则是把三轮拖拉机一趟趟运来的一块块石头，来来回回地抱给砌石的工匠。干了一大半天，累死累活，衣服被汗水浸湿得足以拧出水来，腿脚僵硬得犹如杠木和生铁。午饭敷衍了事地啃过几口干馍，而后坐在一座厂房的背阴处歇息。背贴墙瘫坐，头昏脑涨，本想稍微迷糊一会儿，却毫无睡意。就在这时，村里的老支书扛着一把铁锨，来到阴凉处，坐在了我的近旁。老支书与我搭话，问我今年考得如何？我摇头说不行。老支书语重心长道：娃呀，学习不下功夫，那就只有抱石头了。接着他指着在马路上穿梭往来的研究院职工说：这些人不用像咱一样地出牛马力，却吃得好，穿得好，你知道为啥吗？那是因为人家都考上了大学。

下午复工，任凭队长喊破嗓子，我都坐在原地岿然不动，颇有几分死皮赖脸罢工的意味。过了一会儿，忽然听见一群姑娘扯长嗓子，在“大学生——大学生——”地喊我，我冷眼斜瞥她们，既不搭理，也不回应，猜想她们不过是在拿我开涮，故意讥讽我名落孙山。但继而，队长朝我招手，并高喊着：你过来你过来，过来了有好事告诉你。我这才起身，懒洋洋地朝工地走去。

队长一见我，就说：娃呀，你考上大学了！并说刚喊我大学生的这几个姑娘，去城里装沙子时，路遇在村校教书的老师，老师告诉她们，县政府前贴出了高考中第者的榜单，在那张大红喜报上，我的名字赫然在列。

队长说：是真是假，你坐着运沙车去县政府门前亲眼看看，心里就会有底的。

所有人对我的态度，都在发生着微妙的变化。研究所负责监工的那个戴眼镜的高个子处长，过去从未正眼瞧过我，此刻却冲着我笑，且不无感慨：真的是红萝卜拌辣椒，吃出看不出，长得这么黑，还能考上大学？

司机礼让我坐进他的驾驶室，舌头柔软而语调温和。而那些装沙子的姑娘，却在他极不耐烦的拒绝声中，被一律赶上车厢，她们的手紧抓着车帮，迎风而立。

运沙车在县政府门前停靠，我下车朝榜单走去。抬头扫描，果然发现了自己的名字——文科生上榜者共八人，我位居第三，为当年本县唯一考中的文科应届生，也打破了高考恢复以来文科应届生的零中榜纪录。

坐运沙车返回工地，当听说我上榜确有其事时，工地上一片喧嚷之声，有人叹羡，有人恭维，当然也不乏个别人醋意大发，言及考上大学也没啥了不起云云。诸多的人劝我回家休息，说这种粗活本就不属于大学生干的。但我磨蹭着不肯退场，担心提前离场会被扣除工分。然而很快，队长就给我吃了一颗定心丸：你回你的，我给你记全天的工分。

于是我扛起铁锨，离开工地，在太阳高悬半空之时，就返回村里。一走进村子，就明白我考上大学的消息，已传遍村子的角角落落，每个见到我的人，都呈现出一副春暖花开的温煦表情：有人在表达着恭贺，有人在嘘寒问暖。

回不去的故乡

1

有朋友问我：怎么不回家乡过年？

我反问他：你倒说说，回家乡的哪里？具体哪家哪户，才是可供过年的容身之地？

父母离世之日，就是人后方家园的崩塌之时。不管是否承认，此时人都成了事实上的流浪者。

多年前的春节，我的确是在家乡度过的，但究其角色，也不过是一个少数服从多数的尾随者而已。因为在私企打工的妻子，很少正常休息过，于是很想利用年终的假期，与平日难得一见的父母多聚几日；儿子自小受之于外公外婆的管护，与他们感情深厚，于是便成了母亲的拥趸，亦归心似箭。整装出发之前，他们念及弃我一人于家而不忍，尤其是儿子，对我可谓百般规劝，万般央求，几近于苦口婆心，我这才勉强答应与他们一同踏上归途。

客观而论，岳父一家老少，对我的到来自始至终都抱持着无比热诚的欢迎态度，从未表现出些许的排斥与嫌弃。

但我还是不愿意在岳母为我铺就的新床单上下榻，宁愿一个人独守宾馆。除夕之夜，白日里被络绎不绝的洗浴者搅和得嘈杂无比的宾馆，突然就像被叽叽喳喳的鸟雀遗弃的空枝，寂然无声。一个一个的房间，皆黑灯瞎火，似乎唯有我，还死乞白赖地留在那里不肯离开。

实话实说，对于我这样一个面对喧嚣极其不适的人，此时此刻，倒是非常地享受这等的空旷和寂寥。无人大呼小叫，无人耍酒疯，楼顶上没有了铁锤砸地板般的咚咚声，过道里失却了歇斯底里的咳嗽吐痰声，安静得很不真实。我留守房间，或坐或卧，既感觉自己是一个囚徒，又是一个国王——我被虚浮囚禁，又被虚浮伺候。

独住宾馆，便利之处无疑很多，比如那种卸妆之后的自由，以及随心所欲的坦然，并不能时常拥有。当一个人走入人群，尤其是登上舞台，他其实已经与真实的自己剥离，进入一种身不由己的失真状态，甚至有可能深陷于惯性的伪装和表演之中而不可自拔。唯有回到房间，确信无人毗邻，窗缝也无偷窥的眼睛，他才可能找回自己，复原自己，自己与自己的影子重合，自己与自己促膝谈心。

然而，住宾馆的舒适与惬意，并不能遮蔽内心的疑惑和彷徨。独守空房，难免会惆怅漫溢，并扪心自问：你究竟回来干吗？你所谓的回来，和出差有何差异？在故乡的土地上，你难道不就是一个异乡客？

宾馆前台的上方，最爱悬挂的宣传用语，就是极为眼熟的四个字：宾至如归。宾为何？客也！它在昭示并提醒着每一位登记入住者：你不是这里的主人，仅为一个客人而已。客人是过路者，是暂居者，与永久盘踞的居民自然不可同日而语。居民是深扎泥土的树，有根，有枝，有叶，而客人只是飘落而至的微尘，一缕风就能将其卷走。

当一个人离开故乡日久，他实质上已成为故乡的客人。除了一根情感的隐线将他与故乡联结之外，他与故乡，再也无法彻底兼容。

2

有宾馆的地方，一定是城镇，而不是农村。农村，也许有近些年才时兴而起的简易农家乐，但绝对没有典雅奢华的宾馆。

不错，我往昔过年驻扎的地方，正是县城。县城，被我视为第二故乡，其因在于，我曾在这里工作与生活了整整十个春秋。

但第二故乡与第一故乡，无疑还是有所区别的。如果把故乡比喻为母亲，那么，第一故乡就是原生母亲，而第二故乡，则类同于继母。

生母关乎血脉，继母关乎命运。生母是生命的源头，而继母则是精神的海洋湖泊和崇山峻岭。

与生母亲近，还是与继母亲近？没有标准答案，主要是看受谁的滋养与熏陶更多。

我生命的出发地，距离县城十公里，地处一座人字状长吊形土塬的左脚趾位置。我在那里长到十七岁，便赴外地求学，之后就再也没有长留长住过，一直与它若即若离。数十年遥遥而去，可能我首要解决的难题，不是怎么做才能与它水乳交融，而是如何拂灰去尘，与它重新相认。它就像我一位失散许久的亲人，由于隔离太久，纵然重逢，已陌生得难以认出彼此。在互不交错的环境里，接受着迥然有别的心理塑造，以至于使各自从生活方式到思维模型，皆南辕北辙，渐行渐远。依我之观察与猜想，无论是我还是它，对对方的理解，无不沦为记忆的俘虏。而记忆，仿佛一个停摆的钟，会在它的脑海里，把我定格于出发前的模样；同样也会在我的脑海里，把它定格于我未离开时的状态。

于是当一切都变得面目全非之时，是否还能认出对方，就是一个现实存在的疑难问题。不错，我们都变了。慌张奔跑的岁月，带来的，并非简单的生理意义上的年老色衰，更多的则是精神上的各怀心事与各有意趣。

我们都龟缩于各自的城堡，奔涌于各自的河道，不连畔，不搭界，不融会，不贯通，之间相距千道看不见的墙，相隔万座跨不过的山。即使相互走近，熟识的也仅止步于面孔，而无涉其他。

一个人犹如一部厚书，仅目睹了它的封面，或最多读过它的第一页，就宣称对这部书无比熟稔，肯定太过轻率了。书的页码在岁月的叠加中无限地延伸，越积越厚，纵然有翻阅它一探究竟的愿望，但未必就能找到匹配的钥匙，将已上锁的封皮打开。也许通过暴力开锁，得以破门而入，但面对那些复杂隐晦的象形文字，能否破译它，能否读懂它，又是将要面临的一个严峻考验。

拉斐尔说：理解，等于程度相当。其意在于说明，心有灵犀，仅限于个别人之间，无关乎人群中的大多数。

不久前看到木心答问中的一句话，我由衷地会心一笑。这位三进三出监狱的铁门，九死一生，终老才被人发现的大作家，面对记者指出他的“作品没有群众的观点”时，脱口回答道：“群众是没有观点的。”

当然，期冀故乡能读懂自己这本潦草的薄书，本身就是一种不切实际的天真。故乡，只是一个精神的符号，而非精神的知己。以知己的标准来苛求它，显然有所不公。在生命的初期，故乡像一张被单包裹过你，像一头牛的脊背驮载过你，及至你离它遥遥而去，它还在对着你模糊的背影念叨着你，在你踪影无觅的年月里记挂着你，就已足够。

3

我偶或回乡，遇到的大多都是陌生的面孔。记忆中一棒槌高的孩子，而今已是满脸沧桑、褶皱横竖的爷爷了。很多人需要询问，才能得知他是谁；也有不少人即使询问过，得到了答案，尽管点头诺诺着，装出一副恍然大悟的样子，但其实还是未搞明白他是谁。

搞不懂谁是谁，对我而言，也许只是小事一桩；但对于村民而言，却是涉及尊严的大事。

年少时，不止一次，我亲耳聆听到村民们聚在一起，对那些离开本村手端公家饭碗的人，挨个予以点评，并对他们一一进行道德的评判。或曰：某某某很不错，没忘本；或曰：某某某就是个白眼狼，忘本了。

紧随肯定或否定语调的，是众声的附和，其中有赞赏，有叹惋，有唾骂，甚至于诅咒。

何为“忘本”，又何为“没忘本”？究其依据，不过是某次路遇，前者热情地向他打了招呼；而后者，却对他无视，未予搭理。

以打不打招呼为论据，从而得出是忘本还是未忘本的结论，未免过于草率和牵强。但我自那时起，就将这些议论视作长鸣的警钟，并时刻告诫自己：无论自己内心是愉悦，还是郁闷，见了村民都要热情似火。然而，百密难免一疏，一个人即使再全神贯注，也会有神思恍惚的时候。也许，就在觉得对面走过来的人有点儿面熟，犹疑是否就是村里的某某某时，问候的良机已经错失。在不断地错失中，我不能排除自己已沦为遭人唾弃的可耻的“忘本”者。

人一阔，脸就变，既是做人之忌讳，也是公众之嫉恨。我未阔绰，更未腾达，但在很多土中刨食的村民看来，凡怀揣一个城市户口本的人，无不嘴角斜抽，眼角飞翘，呈现着高高在上的傲慢姿态。

于是甜言蜜语极易换来村民的高调赞颂；热热乎乎很容易转化为“不忘本”的证据。

这种简单化的认知，忽视了人与人之间个性的差异，更是等级社会衍生出的生命之悲和精神之哀。

事实上，在世俗化的世界里，趋炎附势，媚红蔑黑，并非什么新闻，而是生活的常情常态。强者只在乎更强者对自己的态度，却对弱势者的热颜与冷脸，往往并不在意。但弱者则大为不同，他们中的很多人，皆拥有一颗玻璃般易碎的心，对强者对待自己的表情格外敏感。一个不经意的眼神，一句有口无心的话语，都能化为锋利的箭矢，射中他们的心口。

“忘本”与“不忘本”之论，正是在这样的现实鸡窝里孵化出来的鸡蛋。

不能责怪村民，他们实在是被忽略得太久太严重了，他们渴望被尊重，被看得起。当然，也不能过度责备那些没有向村民嘘寒问暖的在外务工者，也许他们真的没有留意到迎面走过来的那个人，就是自己往昔的近邻。

阻隔产生陌生，错位产生误解。要让鹰理解兔子为何不飞翔，或让兔子理解鹰为何不在地上跑，既白费力气，又纯属多余。

当我有时候向旁人询问刚和我打招呼的人是谁时，我能感觉出他的惊骇：就是那个谁谁谁呀？你咋搞的，竟连他都忘了？你不会是装的吧？

在记忆的深处反复搜索并打捞，的确能捕捉到一些有关谁谁谁的模糊残片。把一个一个的残片拼接起来，才能勾画出谁谁谁那副已经斑驳得犹如古壁画的大致轮廓。

这等窘境，和“装”与“不装”无关，只涉及记性的牢固与否。

乡村是一个熟人社会，人和人之间，亲密无间，不亲密亦无间。别家的一切，事无巨细，皆能看在眼里，挂在嘴边，成为东家长西家短的热烈谈资，并迅速地被全村所有吸尘器一般的耳朵悉数接收。然而，我却持久地浸泡于与村庄迥然有别的观念池塘之中，这里是人的汪洋，也是信息的大海。在一个与村庄毫无瓜葛的社交体系里，人们不关心你的过去，只在意你的现在；不关心蔬菜的长势，只在意蔬菜的价格；不关心麦子是怎么碾打的，只在意面粉里有无添加剂；不关心墙根地畔引发的纠纷，却对官场的勾心斗角和国国之间的冲突津津乐道……如此这般，自然也就没有人在与我的交流中，涉及村庄的家长里短。数十年里，从未有人向我提及过谁谁谁，我又如何能做到让他恒久地盘踞于心？尽管我也在尽力地抗拒着遗忘，但记忆却越来越依稀，终究会被时光飘落的积尘彻底覆盖。

小时候背诵过的诗篇，如果不温习，不复诵，注定就会遭到新物事的挤兑和驱逐。人也是一样，如果彼此间久久地不来不往，曾经无比熟悉的人，也会渐渐地沦为记忆深处一缕飘忽的炊烟，消失于无形。

4

不止一个朋友，出于好意，这样鼓动我：将来退休了，回村里盖一栋属于自己的宅院，以安享晚年。

我笑笑，未置可否，但心里却豁亮透彻，知道所谓的“安享”，不过是浪漫主义者无比曼妙的想象而已。

人的移动，远不是物的移动：大件的请个搬家公司，中件的请个拉脚师傅，小件的往手提袋里一塞，即可完成对其的移位。人更像是树，在某一个地方待久了，不但已经适应了这里的气候，而且会生出根须，扯出枝丫，盘根而错节，不是想移动就能轻易移动的。年少时人是相对独立的个体，像风一样地自由来去，但长到一定的年岁，人就变成蜘蛛网上的蜘蛛。蜘蛛的每一个决定，都必须把整个蛛网的因素考虑在内。

村庄之于我，无疑是生命的孵化之地，但家庭的其他成员，因未受之于村庄的滋养，他们对村庄是生疏的，是恐惧的，甚至是拒绝的。村庄在他们的想象里，是偏僻的，是荒芜的，是落后的，是缺盐少醋的，是寂寞乏味的。每遇争论，我总能接收到这样的质问：你当初考学是为了啥？不就是想要逃离村庄，过上另一种生活吗？如果你巡游了半个世界，却还要回到村里，当初灯下苦读的意义又何在？

这样的质疑，常常让我尴尬且无言以对。何以无言？皆因它揭示了我们这代人热衷于高考的真相：以自我拯救的方式，跳出农门，逃离农村。

不是吗？我，或者我们这些农村的土孩子，起初不正是带着对农村的厌弃，带着对城市生活的憧憬，才奋力挣脱束缚，通过考学的门槛，从荒僻的农村，迈入繁华的城市？城市与乡村，自古而今，皆天上地下。灯红酒绿，人声鼎沸，车水马龙等，那都只是城市的表象。掩映于表象其后的，或许是另一种俗眼无法洞见的东西：城市既是权力的狩猎场，又是财富的浩瀚渔场，更是人类精神的巍峨山巅。人不是自然界的低级动物，仅满足于生理上的本能就沾沾自喜，人是社会的，是高级的，是有喜怒哀乐本性的，是有情感倾诉与思想互动需求的。

在层级化的社会，地域也难免被行政化、标签化。不同身价的城市，所拥有的资源，与其级别相对应，彼此间根本不可同日而语，更不论自生自灭的村庄了。财富是朝上流动的，人才也是朝上流动的。在源源不断地输入中，层位高的城市，便被喂养成头大脖子粗的胖子，雄霸天下，亦睥睨天下。

很多人都陷入了无法自圆其说的悖论中：一边在指斥城市的种种缺陷，比如雾霾，比如拥挤，比如嘈杂等，一边又在挤破头地朝城市迁移，颇有不达目的誓不罢休的劲头。

城里很多人，从来没有在农村生活过一天，仅在旅游的路途，透过巴士的车窗，雾里看花般地张望到农舍外表的明丽，就天真地以为农村已经足够富庶，农村人的生活已足够滋润，从而放纵他们那浅薄的喉咙，对其大发感慨和赞叹。但如果让他们从车上下来，在他们所羡慕的农村生活，别说吃住一月两月，即使住上三天五天，我相信他们中的十个人，有九个人都会中途逃离。

唯有如我这般既有农村生活经历,又有城市生活经验的人，才深谙两者之间的巨大落差。就目前而言，农村人尽管比之自己缺吃少穿的过去，生活状况不知改善提升了多少倍，但与城里人相比，差距还是挺大的呢。

5

有七八年的时间，我与村庄皆处于梦中望月的状态，未曾有过任何亲近。但这些年，年复一年，我都以各种理由，年均回村三四趟。除了清明祭祀父母和先辈为必备的动作外，其余回去，大多不过是闲来无事地转悠而已。

陪姐姐在乡路上行走，瞅着冬日里荒芜裸露的大片田畴，以及田畴里翘立的牛头羊头般的土坷垃，我忍不住地感叹：看见这些土就觉得很亲。

姐姐笑我痴愚，说：你竟说些傻话，土有啥好亲的？到处都是土，看见土就发愁。土都能把人埋了，还亲呢？

姐姐与我的站位不同，对土的感受自然就南辕北辙。对她而言，在土里流汗，在土里打拼，在土里刨食，挣断了肋骨，弯驼了腰背，对土可谓爱之切切，亦恨之切切。土之于她及家人，既是存活下去的根基，又是一根无法挣脱的缰绳。而我与土曾经是那么地亲密无间，日后却又是那么地疏远隔离，对土的怀念，犹似对初恋的日思夜想，近乎于烈火焚心。一经亲近，感慨之言亦是发自肺腑。

但姐姐的话，无疑提醒了我，让我很快意识到自己在她面前抒发情怀，未免过于矫情。

去四川的青城山旅游，那时还未架起缆车，上山主要靠腿脚跋涉，但爬累了，就坐滑竿。名曰滑竿，其实是由竹子制作的轿子。一人坐轿，四人挥汗肩扛。山路陡峭，坐在滑竿上，左顾右盼，却见一个个的山民，弯着脊梁，背着大块的石头，一个台阶一个台阶地艰难爬行。他们粗壮的喘气声，五米之外也听得清晰。他们的胶鞋被磨破，裸露着粗糙的脚趾；衣服被磨破，裸露着青肿的肉膀。

看到一块飞翘的石头，游客们也许会兴奋得大叫，并对其不惜溢美之词。但山民却是默不作声的，是懒得瞅其一眼的。

对山脉，对石头，游客和山民的感受迥然相异。游客们慨叹完山之雄、石之奇，却并无谁愿意留下来，与他们喋喋以赞的山石持久地相拥相伴，而是像旋风那般，匆匆而来，又匆匆而去，很快就失去了踪影。他们扔给山石一堆泡沫般无聊而虚浮的赞词，然后又回到了他们抱怨不休的城市，重复在他们看来老调重弹的乏味生活。

相比之下，山民对山石却是以身相许的，是不离不弃的，是生死与共的。山民生于斯，葬于斯，他们对山的爱恨，是山外来的旁观者绝然无法体察的。山恩赐于他们以生的希望，却也让他们的世世代代，付出了身体透支、骨骼扭曲，甚至坠落险崖殒命滚石的惨痛代价。

面对背石山民，面对耕作的农民，任何绝妙的辞赋，都显得是那么苍白，那么无病呻吟。

6

我的本意，是想重新融入村庄的，不再做流浪的云，而是做田里的庄稼，茁壮于土里，亦枯萎于土里，与昔日的自己重逢重合，耳根清净地沐浴阳光，素颜素心地荡涤清风，远离光怪红尘，逃离陆离欲海。

但人从简到奢易，从奢到简难。当一个人被填满各式物件的超大行囊绑架时，他意欲掉头往回走，既显得困难重重，又无法自作主张。

事实是，我曾做过很多这样的努力，却难免止步于隔靴搔痒——村庄的每一声召唤，我从不推诿懈怠；村庄的每一次招手，我无不疾步而返。

我深知，村庄对我这样一个在别人眼里无足轻重的游子，是在意的，在乎的，这让我颇为荣幸和感怀——也许，当全世界都将我遗忘的时候，还有一个村庄执着地把我牢记；当所有人都将我抛弃的时候，还有一个村庄乐意将我揽入怀中。

故乡是生命与精神最后的避难之地——故乡的意义，大概就在于此。

飞黄腾达时，故乡也许会离你远去；穷困潦倒时，故乡一定会在你身旁。

故乡也许不习惯锦上添花，但一定会雪中送炭。

比起都市的光洁，故乡是粗糙的；比起都市的灯红酒绿，故乡是黑灯瞎火的；比起都市的人声鼎沸，故乡是寂静无声的；比起都市的流光溢彩，故乡是简陋朴素的……故乡的聋耳，不一定能听懂你晦涩拗口的言辞；故乡的浊眼，不一定能读懂你云雾缭绕的心迹，但对你落寞的表情和无助的哭泣，却一定会有敏锐的觉察和回应。

我是吃过百家饭的。母亲和姐姐不止一次地给我讲述过这样的情节：刚脱离襁褓，尚且不懂江湖之恶不谙世事之艰的我，在两三年里，竟痴迷于喝红豆稀饭而不可自拔。那时粮食短缺，母亲哪有能力天天给我熬制这等奢侈的食物？喝不到红豆稀饭，我就耍赖哭啼，甚至于绝食，拒阻其他食物入口。母亲为此而焦虑心疼，却无计可施。邻居知道这一情况后，一传十，十传百，很快便被全村所有掌勺的主妇们知晓。主妇们深谙母亲的难处，于是就在集体下地干活时，像接龙那般，今日这个告知母亲，她家将要熬红豆稀饭，明日那个告知母亲，她家将要煮红豆稀饭。告知的用意，在于叮嘱母亲别再为此而愁眉不展。开饭时节，有时村民会手端一碗红豆稀饭亲自送来，有时姐姐会夹一个空碗，跑到人家的锅里去盛。

还听说，在某个大年三十的傍晚，听从于算命先生的吩咐，姐姐领着懵懂的我，在村里挨家挨户地讨饭。算命先生说，唯有讨到百家饭，吃过百家食，才能确保我性命无虞，福禄有存。于是在姐姐的引领下，一个个的家门被推开，一道道的门槛被跨过，皆讨而有获，有两户人家，甚至各赐一个完整的馒头……

直至讨过一百家，我们才偃旗息鼓。

对这样的情节，我始终铭刻于心，感恩于怀，不敢随时光的老去而有丝毫地忘却和淡化。惭愧的是，纵然空怀报恩之志，却也难有报效之力。至今，我还未对村庄，对村民，有过太多实质性的贡献。

在精神的层面上，故乡形若一张风化为标本的陈年旧画，挂于心墙，专供远离它的人怀念。闲暇时望其一眼，做梦时与其相拥，实际上已经足够。

与沟为伴

1

黄土高原上的沟，极少获得世人的关注，更别妄想着被青睐了。

除却外观上的邋遢与土气，沟所受到的冷遇，其实也在侧面注解着人惯有的趋炎附势：人的目光是朝上瞅的，宁肯对高耸的山峰仰望又仰望，都不愿对深陷的土沟偶或瞥其一眼。

沟受到歧视和冷落，却不激动，不抱怨，依旧保持着原模原样，不与平原争辽阔，不与山脉比巍峨，享受着旷古的孤独，也享受着寂然的宁静。

冬日从高空俯瞰，黄土高原宛若一张耄耋老人沧桑的脸庞，皱纹斑驳扭曲，底色灰黄幽暗。那些沟岔，或深或浅，或直或弯，或似一撇一捺，或像一点一钩，凌乱而潦草，无规而无矩。一条条伤痕般的沟壑，犹如经受过刀劈斧砍似的，让本来浑然一体的原面，沦落得支离破碎。

很多人一提到黄土高原，就会言及它的干旱少雨。但事实却是，黄土高原上的每一条沟壑，恰恰都是由雨水造成的。雨水是沟壑的造化者，甚至可以说是孕育与分娩沟壑的母亲。雨水从天而降，落到地面，以“水往低处流”的执拗，在松松垮垮的黄土地上，冲出一条条窄窄浅浅的沟渠。日复一日，年复一年，沟渠开裂又开裂，原面被切割再被切割，千百年后，沟渠化为沟壑，原面化为土梁。那些沟壑，形若天堑，将一道道高耸的土梁予以孤立，居于原上而没长翅膀的人，再也无法从中任意跨越。那些土梁，原本仿佛臃肿的胖子，但随着雨水不断地冲击与剥离，宛若患上糖尿病似的，愈发地消瘦，最终极目远眺，仿佛兀自耸立的毛驴，毛发颓唐，肋骨裸露。土梁与土沟，仿佛一对千年盟约的夫妻，日夜厮守，不离不弃，你不嫌我低，我不羡你高。

2

我是在沟畔长大的，因此内心里，充溢着对沟复杂的情感，既恩仇兼具，又爱恨交织。

我家门前的那条沟，距大门仅有二三十米远，中间相隔的，是一个较为宽阔的碾场。沟岸上，长有两棵杏树、两棵杜梨树、一棵泡桐树和一棵槐树。这些树，打眼一瞅，就一把年纪，比村里的任何一个老者都要更为年迈。清朝的中期或末期，树就在这里落地生根。栽树的曾祖父和陪伴树的祖父，在我出生时已踪迹无觅，唯有这一棵棵昂首向天的树，仿佛是他们留给我的隔代遗言。树老瓮般地粗壮，尤其是那棵泡桐，唯有四五个人手手相挽地搂抱，才能将其抱住。记忆犹新的是，每到夏收的末尾，杏树上就一片耀眼的红黄，云霞那般，一个个熟透的杏，仿佛羞赧的脸蛋，从浮叶中托举而出。攀上树枝，轻轻地一摇，圆滚滚的杏，像是受到惊吓似的，纷纷逃离枝头，噼噼啪啪地坠落于地。

吃杏，对于像我这等亲历饥荒的蓬蒿之辈，很容易沉淀为记忆中最为甘甜的片段。然而嘴馋，却时常要付出代价。胆小的孩子，仰望红杏，口水横流，至多会捡起地上的顽石朝树上抛扔，幸运的话，一两颗杏掉落，他便弯腰抓起塞向嘴里；但幸运总是有限的，更多的时候，顽石要么像脱靶的枪子，杏未被击中；要么击中了，杏掉落于别的小伙伴近前，尚未等他反应过来，杏已化为他人口中之物；要么杏虽脱离树梢，却斜飞落沟。胆大的孩子，直接攀树而上，却应验了“常在河边走，哪有不湿鞋”的警世之言，他们尽管双手捉住树枝猛烈地摇晃几下，红杏像冰雹雨般地坠落，但因用力过猛而或致自己的身体失去平衡，或致脚下的树枝瞬间脆断，从而像离弦之箭那样，跌入深沟。

摔落沟中，对于在沟岸摸爬滚打的孩子而言，无异于家常便饭，早已习以为常，俨然不值得大惊小怪。但父母闻知，难免心中悚然，于是急忙扔下手中的活计，惊慌失措地奔向这里，边跑边呼叫自己孩子的名字，声音怪异得犹似猫头鹰的哀鸣。

孩子滚沟是否受到巨大的伤害，很大程度上取决于运气的好坏。有的孩子，先是掉落于某个悬于半空的土坎，缓冲片刻，再掉落沟底，除却一些摩擦带来的皮外伤，不至于伤筋动骨；有的孩子，摇摆的身体最初的碰撞点，是土壁上的一丛野草，他若反应及时且身手敏捷，会死死地揪住一束野草不放，待草根拔起或手掌滑落，他则贴住土壁滑溜而下，这样就不会造成多么严重的后果；最糟糕的则是一坠就坠落沟底，即使是这样，因为沟底的局部情况各异，或孩子间的体质千差万别，结果也会有所不同：有的孩子皮实得宛若篮球，屡屡滚沟，皆安然无恙；有的孩子则脆弱得仿佛不经摔打的纸灯笼，或皮开肉绽，或昏迷不醒。

无论是何等状况，滚沟的孩子无一例外都会受到惊吓。父母们所做的第一件事，不是赶快把孩子送往附近的医疗站疗伤，而是先要为其举行“叫魂”仪式。在父母的眼里，丢了魂，比伤了身更为可怕。身子的伤情，可以通过医治，慢慢痊愈；但魂一经丢掉，若失却招回的时机，恐怕要永远成为无魂的空洞皮囊。人若无魂魄附体，即使他看起来依然人模人样，但其实已与一根木桩无异。

数十年里，仅我所知，就有十几个孩子——包括我——都曾滚过沟，但未有一个孩子因此而落下身体的残疾。如果说峡谷坚硬，颇具某些男性的粗暴，而黄土沟壑，则具有母性的柔和，干燥但不冷酷，幽深但不森然。

3

仔细勘察沟壑就会发现，沟壑俨然一个复杂而奇异的世界。

沟壑之于诸多动物，比如狼与蛇等，无疑皆为理想的藏身之处。小时候，我就听老人们在讲兵荒马乱时期的往事。那些土匪或兵匪，动辄就来村里骚扰，或谋财，或贪色。村民们睡觉不敢脱衣服，半夜里一听到狗的狂吠声，立刻翻身起炕，一把抓起搁置在枕边的包袱，扶老携幼地赶紧往沟里跑。躲进沟里，狂跳的心才能平复下来，知道那些匪徒，此时至少不会危及自己和家人的身家性命了。包袱里包裹的，都是家中的贵重物品，比如钱币以及金饰银器等，而沟壑里，坎坎棱棱，褶褶皱皱，随便一个小缝小隙，都可供藏身。风高月黑，土匪们是不敢轻易踏足沟底的，原因在于沟内犹似一座进去容易出来难的迷宫，对于不大熟悉地理环境的他们，贸然步入，无异于涉足一步一惊心的雷区，弄不好，还会遭到群狼的围捕猎食。

及至我有了记忆，狼窝依然清晰可见。在多处的土壁上，有几个凌乱的洞穴。洞穴的外形没有规则，或呈弯眉状，或呈拳头状。年长的人总是叮咛年少的我们，在沟里砍柴割草或追逐嬉戏，最好远离洞穴，其因在于，洞穴貌似风平浪静，但也许里面就藏有一个狼的家族。洞穴是狼的家室，侵犯不得。狼于穴中繁衍后代，并颐养天年。累了，就躺卧于此，但饿了，却从来都不屯粮做饭，而是率领儿孙，到穴外觅食。那些惊恐逃窜的兔子，那些低头吃草的山羊，甚至那些正在劳作的男女，都会被狼视作饱餐一顿的绝佳食材。狼把擒获的猎物活活咬死，并用钳子般的牙齿，噙住它们的脖颈，然后将它们模糊的血肉拖进狼窝进行饮食的二次分配。

在虎狮消失的地界，狼毫无疑问是动物世界里谁也惹不起的老大。于是远离狼穴，看见狼赶快扭身逃离，诸如此类，就成为沟畔人家谆谆教诲孩子的日常功课。人怕狼是肯定的，那么，狼难道就不怕人吗？这等问题，从狼穴的位置就能破解出答案。狼利用土壁的裂缝，用爪子日积月累地刨挖，从而筑成自己的狼穴。端量狼穴，会发现无一不悬于半空，与地面保持足够的距离。鲁莽却不失狡黠的狼，显然对人和其他动物怀有深深的戒备，它如此筑穴，意图再明显不过，那就是要将自己与其他物种隔绝开来，从而使自己置身于生命无虞的境地。狼明白自己造孽太多，于是尽管依赖于凶残安身立命，却掩饰不了内心的惶恐。

世间凡嗜血的动物，无一不濒临灭绝，因为残暴者，终究

女主人手忙脚乱，既要把倒在磨石上的麦子，用手往磨石的两个磨孔里徐徐推送，又要把流泻于磨盘的糟烂的麦麸，扫进小木锨，尔后端起小木锨将麦麸重新倒上磨石，并送入磨孔。

要为自己的残暴付出代价，这是大自然不可违逆的定律。沟不过是一幕幕戏曲的观众，它见证了狼的疯狂，也见证了狼的萎靡，那一个个已经空荡荡的狼的旧居，仿佛是沟悉心保存的狼从兴风作浪到销声匿迹的历史档案。

西行记

——陇西乡野掠影

车窗外的羊群

对于低头吃草的羊而言，那些隐没于车窗后面的目光，更像是一些偷窥者。

毋庸讳言，我就是一个偷窥者。在一个秋末，我坐在高铁的车厢里，瞪大眼睛，在朝一群散漫的羊凝望，而那群羊，全然不知我的存在，更谈不上揣摩我的心思。羊们贪图吃草，除了对被露水打湿的绿草格外着迷外，似乎对身旁的这条铁路，以及在这条铁路上来来往往奔跑的列车置若罔闻，甚至都懒得抬起头来瞥其一眼。至于车上都坐有谁，这些人的身份为何，以及他们要到哪里去，去干什么，它们更是漠不关心。羊们有羊们的快乐与忧伤，它们更在意于如何才能嚼咽到绿草，如何才能饮用到溪水，如何相处才不被群体抛弃，如何循规蹈矩才不讨来牧羊人处罚的鞭抽。羊和羊之间也交头接耳，甚至耳鬓厮磨，但对于它们的言行，人既听不懂，也看不懂。

人和羊时常显得亲密无间，但实际上，却被隔绝在两个互不搭界的链条里，各有各的思维系统和情感方式。人会虚伪，会撒娇，会口是心非，会笑里藏刀，而这些，羊都模仿不来。至于铁路、列车，等等，这些在羊的眼里带有魔幻色彩的庞然大物，原来距离羊的生活很是遥远，但现在，却说来就来了，一下子就轰轰隆隆地涌现在了羊的跟前，这让羊难免要感到惊慌，担忧它们来者不善。事实是，当筑路的推土机最初开进这片本该属于羊的领地时，羊就十分慌张。但一阵子过后，羊发现那些嚎叫的推土机与碾压机，似乎只与那些壕沟和山脉过不去，并非冲着自己来的，忐忑的心才恢复了平静。到后来，当羊看到这些铁色的长龙，只是沿着一条固定的铁轨来来回回地穿梭，并不牵扯自己时，持久紧绷的神经才渐渐地松弛下来，并强迫自己适应新的现实。羊心里很是清楚，纵然属于自己的地盘，自己也不能做主，在强者通吃的世道里，别说是地盘了，哪怕是羊头，外在的蛮力如果想予取予夺，都得乖乖地交付出去。

好在铁龙跑铁龙的，羊活羊的，彼此无交集，也不相扰，这让羊欣然了许多。

至于羊对铁龙的贸然闯入有无腹诽，不得而知。作为动物中数量庞大的一个族裔，羊尽管家丁兴旺，成群结队，但因性格怯懦，绝然无法成为丛林世界的王者，只能充当卑微的配角。在弱肉强食的盛宴里，谁威猛，谁嗜血，谁贪得无厌，谁就能号令天下。一只孤独的老虎，或一只凶残的狮子，足以让一座山林里的芸芸动物噤若寒蝉。然而任何事物，有其利，必有其害，过度地滥用武力，也容易给自己预埋下祸殃的伏笔。虎狮濒临灭绝，就是活生生的例证。虎狮的一日三餐，常以弱小动物为食材。羊尽管体格不小，但由于性格怯懦，仍然被视作可以欺凌的弱小动物。然而在大自然神奇之手的操弄下，霸道者未见日益壮大，受欺者却蔚为大观。羊犹如野火烧不尽的野草，大批量地繁殖着，并以数量上的绝对优势，最终在与虎狮的较量中胜出。虎狮的孤影四处难觅，但羊却大批量地在这里低头吃草。羊能幸存，当然还得益于人的助力。在羊与虎狮的游击战中，人站在了弱势的羊一边，成为护佑羊的江湖大哥。人支持羊，并非源于人的公义和仁善，而是对羊另有企图。在人看来，羊是一种营养价值极高的肉类食品，因此不能容忍虎狮剥夺自己的口福，于是人和虎狮对羊的争夺，其实是羊死谁手的博弈。人从虎狮涎水滴落的獠牙间，解救出命悬一线的羊，给予其优待，为其筑舍，为其喂草，表达的不过是老鼠对大米的伪善之恋。而羊呢，无论日月如何轮转，其被支配的地位始终无从改变，其被作为肉类食品的命运始终无法更改。羊从旷野走向圈栏，从表象上看，不再那么自生自灭，似乎有人牵挂，有人怜爱，有人看护，而牵挂与怜爱它的人，仿佛慈眉善目，温文尔雅，绝然不像狮虎那般面目狰狞，目眦尽裂。但世间之理，亘古不变，即出来混，迟早是要还的。嗟来之食，永远都带有附加条件，虽然一时过了嘴瘾，但落入肚子后很难消化——糊涂的羊，不但羊毛要被一茬茬地割走，最终还得以身家性命来抵债。

在羊的眼里，人永远属于一个捉摸不透的群体，远不像虎狼那般直来直去：人的笑，不一定表达的是高兴，也有可能是不屑；人的爱，不一定表达的是喜欢，也有可能是言不由衷的虚晃一枪……人最令羊不解的是，总是不那么消停，不那么安分，总想着要改变这个或掌控那个。得陇而望蜀，挖掉树却又栽树——面对人的舞台，羊像躲在角落里的观众，一副袖手旁观的模样，只能任凭人折腾。

这条横在羊面前的铁路，估计在羊的理解里，也属于人折腾的结果。羊更为疑惑的是，那么多的人，挤在一条长长的铁皮圈里，东去西来，究竟意欲何为？他们要去哪里？是去淘金，还是走亲戚，抑或是去游山玩水……人间的事，过于复杂，羊懒得理会，理会了也无能为力。羊对一撮草的兴趣，显然远大于对人的兴趣。羊低头吃草，吃才是羊的工作，也是羊活着的崇高目标。羊和猪一样，都以吃为使命，然而猪的吃遭人鄙夷，而羊的吃却从未激发起人的非议。究其原因，就在于猪的吃相不雅观，很粗鲁，而羊的吃相相对儒雅许多。在一撮撮的绿草面前，尽管羊心里急得烈火焚烧，但表情却不慌不忙。从早到晚，羊总是吃个不休。从瘦吃到肥，从羊羔吃到老羊，当放牧者的手指在羊身上捏来捏去，掂量起羊的轻重时，羊的生命之旅，就已即将抵达终点站。

在悠长的河西走廊，时值中秋时节，尽管有些杨树的叶子已经泛黄，但匍匐于地面的野草，却还勃勃发绿。起伏的祁连山挺着大肚子，头颅与云絮触碰，山巅覆盖的白雪，远望像一顶顶的小白帽或一袭袭的白孝衫。飘拂的白云，像梦游者那样，慢慢吞吞地移动着，时不时地将山峦涂抹得一团模糊。山体距离列车时远时近，近时仿佛伸手可触，远时仿佛遥不可及。山体像生铁一样僵硬，颜色又黑又青，横竖着一绺绺一坨坨胎记般的褐红印痕，给人的感觉，仿佛山曾经被涂染过似的。山的肤色发红，究其本相，显然要归之于烈阳的暴晒与狂风的吹刮。

广袤的牧场一到夏天，就“天苍苍野茫茫，风吹草低见牛羊”，宛若绿色的波涛汹涌，但追根溯源，牧场最应感恩的，却是冬天。一年四季，山川寂寥，雨水稀少得仿佛无悲者勉强挤出眼角的眼泪，就连当地民间的房舍，也泥墙泥顶，不覆片瓦都不用担心雨水浇透屋顶。唯有冬天，大自然才能顾盼得上这片干燥皲裂的土地，于是将风雪朝这里倾情输送。风很蛮横，雪很柔情，它们仿佛带有某种歉意，执意要将春夏短缺的雨水，悉数予以补偿。于是从初冬到初春，雪像飞舞的棉絮，渐渐地将千里之远的祁连山活活埋没。这时的祁连山，犹如一个枕卧的巨型雪人，陷入酣睡之中。等到热烈的夏季到来，祁连山才慢慢地苏醒过来，身上的积雪渐次融化，裸露出它那铁青的肤色。一溪溪的雪水汇聚成河，从山坳里奔涌而出，湿润干渴的大地，浇灌泛黄的草木，滋养着生生不息的人畜。没有雪水，就没有草场的碧绿，也就没有羊们的悠然自得——世间多少看起来毫无关联的物事，其实都在相互作用着，犹如羊和雪山那样，貌似没有关联，但实则休戚与共。

牧场被一道道的栅栏圈围着，从而使本来无边无际的牧野，变成一个个局促狭窄的小方框。栅栏既像标识牌，又像囚牢的围墙；既在宣示着主权，提醒人不可随便跨越，又警告那些吃草的羊，不可随便逾越，否则就要受到惩罚。羊很自律，很驯顺，也许会有一时鬼迷心窍犯错的时候，但绝不会有意地反抗栅栏。况且，羊至为惧怕的，就是脱离羊群，唯有置身于群体之中，它才有安全感，也才不至于中途殒命。羊对主人喂养自己的企图，明了于心，却依旧不弃不离，其因在于，经历持久的圈养，羊早已失却野外生存的能力。羊的心里很清楚，与其跳出栅栏送死，毋如赖在栅栏以内，先跟着主人吃吃喝喝。吃饱喝足后再去送死，总比被饿狼撕咬得鲜血淋漓要舒服一些。

盛在盆里的羊

羊最怕把自己吃胖，胖对羊而言，不是吉兆，而是凶兆。

从西安出发前，邀我前往并负责联络的小兄弟史永平，就传话给我：老师，张掖那边的朋友，打算宰杀一只活羊来招待你。

宰杀一只活羊？如此血腥之事，在史永平的唇舌间轻描淡写，但我却心头一沉，感到有泰山压顶之重。

因于我的前往，一只原本与我无怨无仇的活羊，就该被判处死刑吗？我和那只羊，相距千里，生活中毫无交集，无辜的它，何以要因同样无辜的我而化为冤魂？我去张掖，本意只是想做一名游客，而不是去做刽子手的。

在宁夏某地，我曾目睹过一只羊的受难过程，及至已然过去十多年，但那惨痛的一幕，依旧历历在目——在银川开完会，随一群参会者去郊外的某地游览，午饭被安排在一家带有蒙古特色的餐馆就餐。餐馆位于空旷之地，四周的玉米林郁郁葱葱。餐馆的老板是个高高胖胖的蒙古壮汉，留着八字胡，两颊的肌肉紧绷绷的，泛溢着古铜的光泽。面相凶煞的老板，看到就餐者人数众多，脸上盛开出牡丹一样的笑容。大概是为显示草原汉子的豪迈，他从厨房里叫出了大厨，责令他烤一只肥羊给大家品尝，并把自己那精湛的烤羊技术表演给大家看。其言下之意是，烤全羊一石二鸟，既能取悦于人的眼目，又能满足于人的肠胃。当老板的号令一经发布，诸多的人都奔向了那个土坯砌垒的烤炉，将其团团围住，不但睁大了眼睛，而且高高地举起了照相机。而我却坐在座位上纹丝不动，其因在于，我对血腥的场面，历来都很畏惧。我躲得远远的，但偶尔也忍不住会通过人身的缝隙，朝烤炉处回眸一眼。炭火炽炽，那只宴会的主角山羊，早已被剥掉了皮毛，其精光的裸体，被串在一根粗大的铁棍上，架于炉火之上，不停歇地翻转着。不知过了多长时间，被烤得焦黄的羊熟透了，散发出幽幽的香味。最终，它被剁成三大块，分别摆放在三张桌子之上。食客们吃得津津有味，没有谁会为一只羊的不幸遇难而伤感。甚至，在那样一个笑声翻滚的盛宴里，我低声发出的几句感慨，都显得无比矫情和扫兴。也许有人会猜疑我动机的虚伪，并腹诽道：你一边吃羊肉，一边大放对羊的怜悯厥词，这不是典型的假仁假义吗？但事实是，自始至终，我的筷子都没有挨过那只烤全羊，至今，我都不知其味究竟如何。

身处张掖市属下临泽县的东道主贾永飞和蒋立龙，其热情与好客，远超于我的预估。曾在西安的街头，因为史永平的牵线，我与蒋立龙见过一面，并同桌吃过一顿便餐，我们之间的交情，仅限于此。但这个体型魁梧五官端正的八零后年轻人，其面相的朴实和心灵的敦厚，还是给我留下颇为良好的记忆。其时蒋立龙与史永平合伙在西安开了一家公司，但一闻听公司的名号，我便对其前景有所怀疑。谓之“某某农业科技服务”公司，给我的感觉，好像是一个穿着老式布衣的老农，伫立于西安的街头，不识时务地在吆喝着推销架子车；或者，仿佛一个躬身耕种的农夫，正奋力地往坚硬的水泥地上播撒着麦籽——这样的图景，尽管颇为楚楚动人，但很难劳而有获，也许还会因为与环境的不般配不协调，从而让路人滋生出某种滑稽感来。对于在高楼大厦间游荡穿梭的西安市民来说，很多人虽然一日三餐，却早已忘却了田野，忘却了耕耘，忘却了米面的真正来源。他们对豪车的迷恋，对股市的热衷，对电子产品的追捧，对粮油市场价位起伏波动的关注，遮蔽了心中残存的对农耕的依稀记忆。农业，在都市人的思维空间里，像房间里过时的旧家具一样，被抛扔得不知所踪，他们又怎能对农业技术产生兴趣和需求？吃的喝的，都来源于商场，取自于货架，与土地无关，与耕夫无关，只与营业员电脑打印出来的小票有关。

后来果真如我所料，公司无果而终，蒋立龙又折返故乡甘肃临泽，重操旧业。对于蒋立龙，我从史永平的言说中，对其没少耳闻。史永平告诉我，蒋立龙的父母，在其家乡临泽县，是数一数二的种植大户，千亩良田，其中的一部分，专门用以向日葵的种植。一到夏末，朵朵向日葵组成浩瀚壮阔的阵容，齐蓬蓬，黄灿灿，一眼望不到尽头。可以想见，这等景象，本身就是一道令人心醉神迷的奇观。

贾永飞是蒋立龙的二舅，在临泽的地盘上，他算得上一个响当当的人物。贾永飞是国家非物质文化遗产的传承人，其传承的艺术门类，之于我，多少有点儿陌生，曰葫芦画。葫芦为寻常之物，我自然见过很多；绘画亦不稀奇，日常中随处可遇，唯独葫芦画，却令我有一种云里雾里的懵懂之感，不知究竟有何等奥妙。时值中年的贾永飞，面相清雅，举止儒雅，寡言而少语，但一到酒桌上，却贪杯不已，不但话语如滔滔江河奔流不息，而且一经开喝，死缠烂打的劲头就跃然毕现。

给远方的客人宰杀一头活羊，毫无疑问，那是对客人最高规格的礼遇，也是当地人表达情谊的传统仪式。若以市场价而论，羊可谓昂贵之物，随随便便的一只，动辄就值数千元，更不论贾永飞连自己藏储了十多年的那个硕大的酒坛，都无比慷慨地抱出了密室。贾永飞是真诚的，蒋立龙亦是真诚的，这种森林着火一般的炽热，反而让我对那只羊性命的深切忧虑变得风轻云淡，也让我的再三推辞变得多此一举——也许在主人看来，客人的推辞，那只是一种礼貌性的谦让，不足以成为阻拦事件的绳索。

坐在位于七彩丹霞地貌山脚旁的葫芦园里，围着绿荫棚下的一条长形矮桌，贾永飞的一通电话，就将临泽县乃至张掖市远远近近的文化精英与经济名流，几乎一网打尽地齐邀至现场。寒暄寒暄，闲扯闲扯，几根烟抽过，三个巨大的铝盆，就被三个系着围裙的人端来，搁在了桌面上。盆里盛着的，无疑是一只羊。而这只羊，与我此前看到的烤全羊颇为不同，是以无比破碎的姿态，来到我面前的。它被剁得七零八落，早已面目全非，泡在了漂有一层油花的汤汁里。也就是说，羊的骨肉遭到肢解后，是被扔进锅里熬煮的，而不是被架在火上烧烤的。出于对友情的顾及，我浅尝辄止地尝了几口羊肉，即使是这样，也打破了我从来不吃羊肉的禁忌。不吃羊肉，是我从小就养成的习惯，后来随着脑子里生命意识的觉醒与强化，我对所有动物的肉，都采取了能不吃就不吃、能少吃就尽量少吃的态度。在动物丛林里，羊无疑属于最不应该被吃的对象，原因在于它从不作恶，甚至在它的身上，找出缺点都很困难。羊不像狐狸那样虚伪，不像黄鼠狼那样奸诈，不像毒蛇那样阴险，不像虎狼那样凶残，不像熊猫那样娇气，不像狗那样势利，不像猪那样肮脏……它样貌秀气，性格绵软，总是一副羞羞答答的模样，从不惹是生非，从不损人利己。况且，我从小就放过羊，羊对我落落寡欢的童年，有过不离不弃的陪伴。因此，对于羊，我的心里总能滋生出别样的亲近和怜惜。更重要的是，我时常把羊幻化为生活中的弱者，觉得任何对弱者的不公不义，都是一种欺凌行为，都有违于天道人伦。

我声称对羊下不了口，绝对不是伪君子的口是心非。

但摆在我眼前的事实是，一只活生生的羊，仅因为我的到来而悲惨地死去，这让我的内心颇为难过和歉疚。看到桌子上七零八落的剩骨和残肉，看到其他朋友吃得如此兴致盎然，不大合群的我，只能以“不喜欢吃羊肉”为挡箭牌，抵御着各位友人的轮番规劝。

对于接待方的热诚，我丝毫未曾怀疑。在牧业与农业的交错之地，哪怕纯粹的农耕者，都免不了受到放牧者待客习俗的熏染。大口吃肉，大碗喝酒，吃得裤带松了一圈又一圈，喝得醉烂如泥，仿佛才算得上尽兴。而宰杀活羊的待客之道，俨然已固化为当地人一种世代沿袭的古老礼仪，并非能轻易被撼动和废除。

陪我就餐饮酒的朋友，其面对羊肉时所表现出的贪婪，仿佛也无可指责。在他们饮食谱系里，羊肉只是一道昂贵的菜肴，与羊是无关的。也许是羊肉的香味，迷惑了他们的意识，淹没了他们的联想，从而使他们沉浸于对美味的垂涎欲滴而无力自拔，很难透过喷冒的热气，看到一只楚楚可怜的活羊。他们可不像我这般地神经质，多愁善感得总能将盘中的肉与世间的生命相连相系。

在葫芦上作画

我去张掖，并非受之于丹霞地貌绮丽风光的蛊惑，而是受之于史永平对葫芦画和葫芦园的大肆渲染的引诱。在他的不断提及中，我突然就萌生出前往现场一探究竟的念头。丹霞地貌，远非稀缺之物，天南地北并不鲜见，只是有的蹲坐于水边，有的高耸于风口，经长年累月风霜雪雨的作用，相貌与气质略显不同罢了。张掖地处与西域的接壤地带，其丹霞地貌的形成，无疑是风的功劳。它不但以辽阔博大著称，而且像杂色布一样，呈现出纵横交错的五种颜色，因此诱惑得天下闲客像彩色的候鸟那样翩跹而来。比之对丹霞地貌的耳熟能详，对葫芦画几近于闻所未闻。但人就是这样的奇怪，越是熟悉之物，越是弃之如敝履，反倒是那些陌生之物，越能吊起人的胃口。

一出高铁站，我见到的第一个当地人，就是葫芦画的传承人贾永飞。这个讷言但始终微笑的中年汉子，其衣着与装扮，中规中矩，颇像某个职场的职员。但一到酒场上，贾永飞却呈现出另一番景致，不但话语如黄河奔流，滔滔不竭，而且一旦举起杯子豪饮起来，就难舍难割。贾永飞并非葫芦画的创造者，而是该手艺的第三代传承者。他的父亲，就是他的师傅；而他父亲的父亲，既是他父亲的师傅，又是葫芦画最初的开山鼻祖。也就是说，在他背靠的这个家庭里，几代人都在生生不息地倾心于葫芦画的创作。众所周知，葫芦原本只是一种极其普通的植物，当其鲜嫩时，鲜绿鲜绿的，可以清炒成菜肴；当其成熟晒干后，橙黄橙黄的，既能化作古旧生活里不可或缺的容器，又能化为屋舍内的装饰物。在农耕时期，日常所见用于舀水的葫芦瓢，就是由干葫芦切割而成的。一些云游四方的僧侣，甚或一些长途贩运的脚夫，其胸前或腰间，总是垂吊着一个硕大的干葫芦。那些葫芦，在外人看来，仿佛属于闲置品和观赏物，但其实，它具有相当的实用性。它的作用，主要用于盛水，以解路途干渴之急。久而久之，葫芦和念珠就平起平坐起来，俨然化为云僧的标配，仿佛缺少一个葫芦相伴，云僧的身份，便要受到无端的怀疑。

葫芦和绘画，原本风马牛不相及，正所谓葫芦有葫芦的阳关道，绘画有绘画的独木桥。绘画归属于人文领域，是人吃饱穿暖后的一项精神活动，生成于人的大脑，产出于人的手指；而葫芦则来自于大自然的产出，依托于土地的孕育，根扎于土，身附于蔓，并不受制于人的操控。比起绘画，葫芦的生成更为随心所欲，无拘无束，对人的眼色与脸色，根本不瞅不顾：人想让它硕大，它也许会很渺小；人想让它渺小，它也许会很硕大。

两种并不搭界的物事，是怎样进行有效连接的？这等问题，既是我疑惑之所在，又是我着力想要解开之谜题，甚至就是我不远千里地前来一探虚实之动力。

在临泽异常高档的酒店里，我几乎一夜未眠。本就脆弱的神经，稀薄的睡意，在同房壮汉杜永军那拉锯般忽急忽缓的鼾声中，被撕扯得仿佛破衣烂衫那般随风飘摆。辗转反侧到天亮，一碗漂浮着一层红辣油的牛肉拉面，瞬间驱逐了周身的微微寒意，让一颗烦乱的心，沉潜宁静了几许。

最先前往的，是贾永飞位于高科技产业园的工作室，而这间颇为宽敞的工作室，就是他现在的葫芦画孵化基地。当贾永飞的爷爷最初于自家的炕头，手持画笔，在葫芦上随心所欲地描画时，他一定不会料想到，自己那只握惯了镢头的粗粝之手，因一时的闲不住，竟能让一个古旧的艺术门类重新复活，并惠及自己的子孙。心中有云彩，笔端才能盛开花朵。贾永飞的爷爷虽为乡间布衣，但绝非仅有“老婆孩子热炕头”，就能将其信马由缰的心拴住。他的精神世界，比起那些吃饱穿暖就心满意足的人，无疑要更为“欲壑难平”。一个精神的梦游者，在孤独长夜里和无以言说的寂寞中，最容易陷入异想天开之中而不可自拔，于是在寻求排遣的渠道时，他很偶然亦很必然地抓住了那支曾经用来书写毛笔字而今早已荒疏的毛笔。在那个裤腰带勒紧一圈又一圈的饥馑年月，纵然有绘画的鸿鹄之志，或者有绘画的绝世天赋，但连宣纸都买不起的贫穷，会像铅球一样拖拽住人的后腿。何况商店里的货架上常年空空荡荡，连想买的白纸都寻觅无迹，更遑论宣纸了！手中徒有秃笔，却无着落处，在四处张望中，他的目光与挂在墙壁上的葫芦偶尔相碰，于是在灵感一闪之后，便就地取材，成就了彼此间的一份美好姻缘。干葫芦最大的优势，就在于它不像树皮那样皮粗肉糙，而是肤色洁润，很适宜于人在其上描描画画。在葫芦上画画，古已有之，并非今人的创意。很多古代的画匠，都以葫芦为纸，来表达宗教的意蕴与生活的情趣。地方戏曲诞生以后，无论南腔北调，都以葫芦为推广的载体。那些在葫芦上浓墨重彩描画出的人物脸谱，成为登台时不可或缺的道具——唱戏时蒙在脸上，闲暇时挂于墙上。

葫芦之芦，与“禄”字同音，加之它形貌滚圆，无棱无角，憨态可掬，很契合中华文化中的“中庸之道”，因此就被人格外青睐并推崇。这种谁也不得罪的相处方式，貌似为了成全他人，其实为了保全自己。见有障碍就回避，见有利刺就避让，见有冲撞就后退，见有动粗就蜷缩……像泥鳅一样滑溜，像面团一样柔软，像棉球一样浑圆。久而久之，眼里也好，心中也罢，就只剩下了利害，没有了是非：凡对我有利的，就举手拥护；凡对我无利的，就跺脚反对；获得一根树枝，欢天喜地，感恩戴德，但丢掉一座森林，却麻木不仁，置若罔闻。

葫芦本是按照自身的基因遗传生长的，因此它无论长成什么样子，皆无所谓错，亦无所谓对。但当人赋予植物以文化的诠释时，植物就不再显得那么单纯，而具有了鲜明的褒贬寓意，比如青松寓意顽强，荷花寓意清纯，梅花寓意孤傲，牡丹寓意富贵，而葫芦呢，以其名字，则象征着福禄；以其形状，则象征着圆满。

葫芦由植物转为文化的载体，由来已久。在农妇的眼里，葫芦是制作菜肴的食材，或是舀水盛水的器皿；但在那些文人雅士的眼里，葫芦是一个可以把玩的物件，既可以雕刻，也可以绘画，更可以什么都不用附加，只是把它挂在墙上当吉祥物。

对葫芦画，我充满了好奇。过去虽然也见过在葫芦上画画的，却从未仔细地端详过。况且，上千个大大小小的葫芦将几面墙遮蔽，这等竞相妖娆的奇观，并非能够随处目睹。因此，当我初次尾随贾永飞踏进他的工作室时，还是难掩心中的激动。那些葫芦，大者比牛头还大，小者比核桃还小，且经过描画之后，神态各异：有的浑浑噩噩，像是在打盹；有的嬉皮笑脸，像是在娶亲；有的一副闲来无事的模样，像无所事事的看客；有的交头接耳，似乎是在嚼他人的舌根……当然，贾永飞的绘画，总体上还是沿着传统的套路行进，并以人们耳熟能详的传说人物为画面主体。

工作室里的葫芦，经过艺术化的处理，宛若装扮一新的新娘，进过洞房，度过蜜月，显得圆滑成熟。但葫芦园里的葫芦就大为不同，虽然采摘期已过，却还原封不动地垂吊于半空。它们迟迟未能落架，其因仅有一个，那就是只为等候我的到来——我的西行日期一再延后，不知葫芦的心充溢着欢喜，还是充斥着抱怨？它们是在感恩我延续了它们的寿命，还是在责怪我推迟了它们的涅槃？

葫芦园的葫芦都还活着，这从颜色上就能判断出。它们翠绿翠绿的，一个个像成熟女性垂吊的乳房一般，大大咧咧地暴晒于阳光之下。葫芦园位居丹霞山脉的旁侧，距离丹霞山脉西向的出入口不足三百米。漫步于葫芦园中，回头凝望，绵延起伏的丹霞山脉，仿佛染色的骆驼。而葫芦园，则宛如骆驼踩出的蹄印，深情地凝望着骆驼远去的背影。廊道蜿蜒曲折，从这条廊道转入那条廊道，从这个廊道步入那个廊道，额头与葫芦磕碰着，视线被葫芦遮挡着，似乎大千世界，其他东西都消隐不见，唯独剩下了葫芦。葫芦憨态可掬，或长或短，或圆或扁，它们像纷纭尘世的各色人等，呈现出千奇百怪的样态：有的像顽童，单纯而搞怪；有的像少妇，羞赧而风韵；有的像莽汉，率直而放肆；有的像老妪，慈祥而木然；有的肩并肩，像一对共进共退的双胞胎；有的紧密相拥，像情到浓时的恋人……藤蔓在横横竖竖的钢管上纠缠着，而每一根藤蔓上，都垂吊着密密匝匝的葫芦。冷硬的秋风将绿叶吹黄，黄叶零落于地，但葫芦却初心不改，依旧翠绿鲜嫩。

与贾永飞相聊，得知葫芦园的葫芦，几乎融汇了天下所有的葫芦品种，它们有的故乡在南美，有的故乡在中非，有的祖籍在中原，有的祖籍在西域……那一粒粒的葫芦种子，从遥远的地方采购而来，经过本土化地栽植，纷纷在丹霞旁侧的土壤里生根发芽，并安身立命。长腿的人在迁徙，不长腿的葫芦也在迁徙。当迁徙成为生活的常态时，无论人还是葫芦，其实都已迷路，再也无法搞清楚自己的来龙去脉。

葫芦是一种生命体。凡为生命，皆除了肉体，还有情感。我相信葫芦是多情之物，有爱恨，有喜忧，会笑会哭，会撒娇会撒泼，只是它们表达情感的方式，我们无所洞悉并无所察觉而已。当葫芦作为菜品，被刀刃切成碎片，扔进油锅里时，葫芦一定会痛不欲生；当葫芦作为艺术的载体，被涂抹上各种色彩时，葫芦一定会喜气洋洋。在葫芦短至一个季节的生命历程中，大概唯有艺术，能促使葫芦复活，并获得另一种形式的永恒——从这个角度来审视贾永飞的所作所为，也许会得出与众不同的结论：他不但是艺术的传承者，而且是赋予葫芦以新生命的拯救者。

“地主”的庄园

做一个自食其力的地主，拥有大块的良田，与庄稼为伍，与牛羊为邻，耳边只闻鸡鸣狗吠而无叫卖的喧嚣，心间唯有淡淡思念的飘拂而无红尘欲望的浊浪滔天，等等，曾是我无数次幻想的生活图景。地主，形若一片区域的君主，统领一切，指挥一切，对那片区域的土地以及土地上的附着物等，拥有绝对的支配权。

但地主的生活究竟如何呢？即使如我这等年纪的人，也只有道听途说，却从未亲眼目睹。当我初涉人世，地主早已抽象成了教科书上的一个蓬头垢面的概念。在很长的一个时期里，地主总是与剥削、压迫等负面的标签连缀在一起，面目十分丑陋狰狞。

此一时彼一时，随着政策的转向，承包大片良田，并执着于勤劳致富的种粮大户，成了一个时代披红戴花的英雄。土地，仿佛绣花者手里的白布，在不同的人手里，会绣出不同的花色。勤劳者与懒惰者，有脑者与无脑者，面对同等的田畴，其产出有着天壤之别。把零零散散的碎片化土地集合起来，交付给那些会筹划懂农桑的人，施之以机械化的耕作，无疑属于英明之举。然而任何一项举措，哪怕再高明，若不加以划界约束，都会走向它的反面。当诚实的耕种者与土地不离不弃相濡以沫时，那些心怀叵测的投机客，也视土地为一块硕大的肥肉，对其摩拳擦掌，垂涎欲滴。他们夹着黑皮包四处奔走，像蟒蛇吞咽蚯蚓那般地将大片大片的土地予以圈占，显然不是为了栽植和种植，而只是为了转手倒卖。

蒋立龙一家，是老老实实的庄稼人，生于斯长于斯，尽管在其名下，已拥有良田千顷，却从来不失庄稼人的勤勉与质朴，更无意于挂羊头卖狗肉地偷换土地的用途。搭乘政策的顺风车，蒋立龙的家庭，俨然新时代与新语境下的新型地主。但这些所谓的新地主，与数十年前那些被打倒的老地主，还是有着根本意义上的区别。其中，最为核心的，就是土地的来源和土地的所有权：老地主名下的土地，来源于一亩一亩地长期积累，有的甚至经历了若干代人的积累；而新地主的土地，则是通过一纸协议，一夜之间就从无到有，缺少那种日积月累的磨砺过程。老地主一经拥有土地，便永恒占据，享有法律意义上的土地所有权，而且这种权利，除却社会震荡带来的变故，可以被后世继承，传至百代；新地主对土地只有承包权，却没有所有权，也就是说，戏台并不归属自己所有，只是借用他人的戏台唱自己的戏而已。

从古到今，无论机械如何普及，技术怎样更新，种地皆为一种苦差事。这一点，从蒋立龙父母面色之粗糙，就能得到确切的印证。尽管承包土地已有多个年头，蒋立龙的家业也已足够殷实，但他的父母，打眼一看就是饱经风吹日晒的地道农民。他们不像那些轻浮的农民企业家，衣冠楚楚地出入于银行和官府，忙于跑项目和跑贷款，而是像钉子被钉在墙上那般扎根于土地，在土地上摸爬滚打，在土地上汗流浃背，辛苦于耕种，着眼于收割。他们的这种情态，倒是与旧式的老地主一脉相承。昔日坐拥百亩千亩土地的地主，虽然雇佣诸多的壮年男丁，但他们也绝不袖手旁观。脚不挨地，鞋不沾泥，毕竟只是少数中的少数，多数地主都像是身处煎油锅一般，患得患失，甚至夜不成眠，担心狂风吹掉枝头的果花，忧心冰雹砸烂成熟的麦穗，唯恐不能按时播种，惊惧延迟搭镰收割。很多地主，出外时也许会披挂行头，坐马坐轿，一副阔绰的模样，但一旦回归村子，转身就还原了本色。他们与雇工同吃住，同劳动，手掌磨出老茧，脸色被晒得黝黑，比起那些只管闷头干活盼着月底或年底领取薪水的人，还要多操一份心。在那个生产力极其低下的年月，耕种土地，在相当程度上，就是在和土地玩命，在和气候赌博：胜了，则锅满瓢溢；输了，就徒自伤悲。

相较于蒋立龙一家人的埋头苦干，很多当下的土地承包者，对土地既不依恋，也缺乏感情。土地在他们的眼里，是攫取的矿藏，是投机的舞台。他们住在城里，隔三岔五地坐着轿车来到田间地头溜达一圈，一番指手画脚之后，又钻进轿车原路返回。村庄不是他们的家园，土地不是他们的生命依托。他们占据的大片田畴，也许荒芜着，也许装模作样地进行着耕耘，但究其目的，不过是把土地当作收取彩礼的待嫁新娘。

我来蒋立龙家的良田里观摩，是奔着千亩向日葵来的。但遗憾的是，我来晚了。站立地垄，极目远望，田畴广袤无际，却难觅向日葵的踪迹，唯有还没有铲除干净的玉米秆，像森林里的树木那样密密匝匝，一阵秋风荡过，发出呜呜的鸣响。史永平近乎传销式的洗脑，让我陷入对千亩向日葵的痴迷，却忘记了季节，忘记了唯有夏天向日葵才会映现出热烈和灿烂。与向日葵失之交臂，犹如一场约会的无果而终，我的失望在所难免。在植物的王国里，我对向日葵的情有独钟，绝然不是因为它仰望太阳的媚态，而是在于它面对风云变幻却不改和蔼可亲的超然。世界哪怕再诡异，再肮脏，向日葵都笑容不改。哭是一种简单化的情绪表达，然而笑，所蕴含的情绪就绝非那么单一，无疑要复杂得多。表达愉悦，可以笑；展现友善，可以笑；掩饰尴尬，可以笑；表示轻蔑，也可以笑……哭是一种无力的外化，但笑很有可能潜藏着摧枯拉朽的力量。面对世界层出不穷的荒谬，束手无策的我们，也许唯一能做的，就是冲着它微笑。

向日葵不矫情，不高傲，在民间属于寻常之物，膏腴沃壤可以生长，贫瘠沙地也可以生长，平川能看得见它的容颜，沟畔也能目睹到它的身姿。而我对向日葵的牵牵念念，一部分来自于对向日葵的个人化解读，一部分受到梵高那幅名曰《向日葵》油画的熏染。在一个精神失常的绝望者笔下，向日葵在熊熊燃烧，它已不是植物，而是烈火。

站立于田垅上，蒋立龙用手一指，说从这儿到那儿，全是他家承包的土地。“这儿”在这儿，在我们的眼前和脚下，可“那儿”在哪儿呢？此时的我们仿佛置身海边，虽然知道彼岸的存在，可面前一片迷茫，就是望不见它的真身。顺着蒋立龙的手在半空中的随意一指，我们目眦尽裂地极目远眺，所见总是那么有限。平平坦坦的土地，略有起伏；一排排遥远的杨树，在暮色里蓊蓊郁郁，像从天扯下的黑幕一样，遮蔽了人的视线。田地已经翻耕，似乎还处于待播状态，那些未被土彻底埋没的断茬的玉米秸秆，隐约可见。一条条水渠，沿着地畔笔直地延伸。水泥浇筑的水渠无水流淌，但壁土却湿润润的。蒋立龙告诉我，当植物干渴时，从河里引向水渠的水，就会输往它们的根部，让它们喝个酣畅淋漓。浇灌已经现代化了，少许的地采用的是漫灌，更多的则是滴灌。貌似浑然一体的土地，其实地表之下，却织造出了一个铁的罗网。每到旱季，埋在地下的那一根根铁管子，就将点点滴滴的水，像打注射液一般，悄无声息地注入每株秧苗的根部。

蒋立龙的家是个独家户，距离村庄的大本营，尚且有一公里的路程。那个庭院，在空寂的田畴中央，仿佛孤岛那般。房舍算不上多么阔绰，但生活的富足却是可以看得见的。一座两层楼房，将院落分为两部分，前半部分用于住人，后半部分则为羊舍。院子里，红辣椒一串一串的，红薯一堆一堆的，玉米更是层层叠叠，被码成了厚厚实实的袖珍长城。一辆小轿车，停放于院子，是蒋立龙专为母亲购置的用于往返舞场的代步工具。每到夜幕降临，村旁的空阔之地，铿铿锵锵的音乐声就会响起，作为那支广场舞的领军人物，蒋立龙六十出头的母亲定会驾车前往，永不缺席。对于离群索居，一天到晚孤寂到无人能与之交谈的她，也许唯有到了晚上，在人声鼎沸的喧嚷中，在整齐划一的群体扭动中，才能有效地释放自己活泼的天性，也才能找到尚未遭到遗弃的归属感。跳广场舞，对很多人来说，也许只是健身、凑热闹，但之于蒋立龙的母亲，却宛若精神的炭火和心灵的药剂。安身立命于县城的蒋立龙，之所以要为母亲购置这辆小轿车，是因为担心母亲走夜路不安全。一个上了年纪的妇女，行走于空旷无人的黑夜，万一路遇劫匪，丢失钱财倒也无关紧要，但身体受到伤害甚至性命遭遇威胁，那才是天大之事——有轿车的护佑，母亲就安全了很多，蒋立龙在城里单元房里的睡眠也踏实了几许。

蒋立龙的母亲，既是家里的家长，又是公司的董事长，很精明，亦很能干，属于女强人之类。在她的筹划和操持下，这片昔日凹凸不平的撂荒之地，经历挖掘机、推土机、运土机和人力长达半年的合力开垦与整合，才变成如今这等一望无际的模样。这块地种什么，那块地种什么，什么时候施肥，什么时候浇灌等，皆由她来决策。相比之下，蒋立龙的父亲只是个配角，他不顶天亦不立地，像牛那样默不作声，像马那样任劳任怨。

前后两个偌大的院子，仅有三个人、两条狗和一群羊，未曾见到雇工的踪影。前院，为蒋立龙的父母坚守；后院，则为他的伯父守护。蒋立龙的伯父，已七十出头，终生未娶，一直和弟弟弟媳生活在一起，其养老送终的责任，顺水推舟地落在了蒋立龙的肩上。伯父是个沉默寡言的人，与他昼夜作伴的，是一百多头绵羊。羊舍很阔大，有多个砖箍的圈棚。那些羊，像放学后从校门里汹涌而出的孩童，看到我们到来，拥拥挤挤地伸长脖颈瞧稀奇。它们个个肥胖得宛若笨手笨脚的企鹅，打眼一看，就有点儿营养过剩。人对胖有所畏惧，胖了容易患上心血管疾病，但牛羊似乎并不怕胖，没听说有哪只羊因为胖而中风，哪只羊因为胖而血压升高。生活过于优裕，绵羊们臃肿不堪，但它们不像阔太太那样颐指气使，而是慈眉善目，一副温顺的模样。当我们举起手机，打算拍照时，它们纷纷朝后缩，仿佛手机不是手机，而是要扔向它们的手雷。

蒋立龙说，他们家羊最多的时候，达到了上千只。然而问起饲养羊的目的，却让我大为惊讶：不为卖钱，只为口腹之饱。也就是说，这些羊，不会被牵引到市场去售卖，或打电话邀羊贩子来家里做交易，而是今天宰杀一只，明天宰杀一只，最终都将化为家庭餐桌上的下酒菜。过节了，或来贵客了，就宰杀一只羊，这等景况，在西域相对殷实的家庭，实为家常便饭。

乍一看，这些羊的确很幸福，不劳而获，养尊处优，但时间很快就会证明，幸福不过是虚幻的黄粱美梦。被人豢养，仰人鼻息，在不知不觉中，羊其实已将自己的生命，作为抵押物而抵押了出去。

蒋立龙家后侧临近屋舍的田地，是一片菜园。菜园的面积，比一个篮球场都要大，里面轮番栽植的季节蔬菜，应有尽有。春天菠菜翠绿，韭菜蓬勃；夏天西红柿又红又圆，黄瓜又长又嫩；秋季萝卜形若棒槌，土豆堪比小牛的牛头……蒋立龙告诉我们，和养羊的动机一样，开辟菜园种菜，也不是为了卖菜获利，只是图谋于一家人的餐桌上常年新鲜蔬菜不缺席。换句话说，种菜不是为了卖菜，仅仅是为了吃菜。几亩地出产的菜，区区的几口人显然是无法将其消化掉，于是就转送亲戚、朋友、邻居乃至路人。尽管大手大脚地肆意挥霍，却仍有大量的蔬菜腐烂在地里，最终被旋耕机埋入土下。而这些蔬菜，不知比城里人从农贸市场上采购的蔬菜，要绿色多少。菜从来都不打农药，施之以人粪羊粪，灌之以清流净水，无丝毫的污染。

消耗不掉的蔬菜如何被大批量地抛弃，我无法眼见为实，仅从地垄上随处可见的大片菜叶中，看出某种端倪。但蒋立龙家门前的那棵枣树，却让我见证了物质过于丰裕给人带来的厌弃感。枣树上的红枣，像星星一样缀满了枝枝杈杈；但也有一部分红枣，因为熟透，已与枝头分离，零零散散地降落于地。渐渐地，地面上的红枣，就铺了厚厚一层，再过些许时日，它们注定就要化为尘泥。看到这么好的红枣自生自灭，我甚感可惜，于是就向蒋立龙发问：为何不将其摘下来拿回家去？蒋立龙说摘下来没人吃，拿到市场上也卖不了几个钱，要它干吗？

要知道，张掖的红枣尽管个头偏小，但甜得透心，这一点天下闻名。这等品质的红枣，在城里的水果店里，每斤的价位，绝对不会低于十元钱，但在蒋立龙的家门口，却仿佛是累赘一般，白捡也懒得弯腰……物质的过剩，很容易让人丧失对物质的怜惜感，即使有心节俭，也不得不铺张浪费。当吃的喝的都堆积如山的时候，谁还会吝惜碗中的那些残羹？谁还会在意盘中的那些剩余？吃不饱是个问题，吃饱了撑的也是个问题。

需要澄清的是，蒋立龙家业之丰厚，不是来自剥削，不是来自掠夺，而是源自于辛苦劳作和智慧经营。蒋立龙的母亲，年轻时估计也是风姿绰约，但在风吹日晒的持久作用下，比之城市的同龄女性，要多出几分沧桑。蒋立龙的父亲，更是一副劳动者的朴实样态，毫无财东的耀武扬威。

幸福的野花

远离都市踏青，那些楚楚动人的野花，时常能撩拨起我心灵深处的感动，甚至于带给我无声的震撼。

在人迹罕至的野外，无数的野花次第开放，以一己的微微之力和极尽所能的渺渺妖娆，装点春夏的容颜。一朵野生的小花，貌似微不足道，但千朵万朵地汇集起来，就斑斓若繁锦，灿烂若云霞。

野花极易被人忽略，其因在于：一则它身处荒山野岭，二则它极不起眼。是的，零碎而散漫的野花，像无人管束的孩子，不懂得遵守秩序，不深谙高低有别，一副未经调教和驯化的恣肆模样。野花与世间的所有生命类似，有其与生俱来的烦恼，当然也有其自得其乐的欢愉，它们与日月星辰作伴，与翩跹蜂蝶嬉戏，在无人搅扰的宁静中，享受着远离喧嚷红尘的幸福。

野花是随心所欲的，又是随遇而安的，它不像被人视作风景而精心栽培的盆花那样，时常要受到主人的摆布和支配。主人高兴了，盆花就有水奖赏，有饭犒劳，并还有可能被放置于阳台上晒太阳，或被摆放于窗外的防护网供路人观瞻。但主人一经沉溺于自己的玩乐而忘却它们的存在，它们的生计和处境就变得异常艰难——也许三五日都滴水不沾，粒米不进，从而口干舌燥，饥肠辘辘，躲在幽暗的角落里像坐监那般苦度时日。重要的是，盆花经过修剪，千人一面，相貌颇为雷同，活似同一个模子里烧制出来的一堆同等规格的瓷器。受之于恩宠，必然要付出失去自我的相应代价，这是亘古不变的铁律。相较于盆花，野花既无人领养，亦无人管护，它们张狂也好，萎靡也罢，乖巧也好，撒泼也罢，皆听令并顺应于自己的内心驱动，任何外力都无法将其左右。野花野性，百花百态：有的野花，性情孤傲，像藏之深闺的独居美人，郁郁寡欢而又多愁善感；有的野花，则像爱凑热闹的邻居大妈，呼朋唤友，拉帮结派地挤成一团。

野花无名无姓，既无人作画阿谀，也无人赋诗歌赞，从待遇到名气，与那些名贵的盆花有着天壤之别。伴随人生活得愈发优裕，野花更是无可避免地被边缘化，就连割草的孩子也都收起了镰刀，不再亲近它们；曾经视它们为口中美食的牛羊，在禁牧令的管束下，也纷纷回归圈中，不再对它们暗送秋波。樵夫倒是偶尔从它们的身旁经过，很有可能踩踏到它们，即使它们因疼痛而无声地哭泣，粗心的樵夫也极少回眸一望。劳累的樵夫，既无赏花的雅趣，也无赏花的工夫，他们手握砍刀，看重的，是灌木根枝的粗壮耐烧，对毫无实用价值的野花，从来都颇为不屑。

但野花绝然不会像人那般以一以贯之的势利态度，来调试自己的精神表情。在野花看来，有清风时常挑逗，有蝴蝶眉来眼去，有鸟儿在头顶飞来飞去，有蜜蜂在芬芳间起起落落，有杂草在周围恣肆，有藤蔓在邻近欢腾，就已相当知足。广袤无际的天地，是野花生息的院落；未沾染化肥农药的腐叶，是野花充饥的美食；从天而降的雨水，是野花止渴的甘露。白昼，温润和煦的阳光像抚摸婴儿那样，抚摸着它们的肌肤；夜晚，含情脉脉的月色像亲吻情人那般，亲吻着它们的脸庞……人非野花，焉知野花之乐？

野花是野草的笑容。野草活得舒坦了，心里愉悦，就忍不住地要张开朱唇微笑。不管天空澄澈，还是阴霾蔽日，无论薄情的目光对自己是高看还是轻蔑，无论轮回的季节对自己是友善还是敌视，野花皆以微笑来回应——既笑给自己，也笑给世界。一朵花，或一簇花，在向山川输送美善的同时，也无不带给人以深远的精神启迪：纵然不被关注，不被宠爱，却依然不自暴自弃，并尽情地绽放，证明自己不枉活一世。

敬重每棵用来歇凉的树

中国民间早就流传这样一句话：背靠大树好歇凉。

这句话，原本是在陈述一种事实，但随着日月的演进，其指向却越来越虚化和抽象，俨然翻转为在阐述一个道理：若能攀附上权贵，依偎之，依靠之，就能得其护佑，享其恩惠。

远古时期，人尚未从动物界分离出来时，就是依附树来繁衍生息的。树是人类最初的摇篮，也是人类最早的屋舍。那时候的人，尚且处于蒙昧阶段，不耕不织，无学无教，与猴子无异。人栖息于树，既躲避着狼虫虎豹的侵害，又摘取树上的树叶以遮羞，摘取树上的果实以充饥。大自然以神奇的造化功能，在人类降临之前，就像母亲预先准备被单、尿布和奶瓶那样，已在地球上为婴儿期的人类，植满了蓬勃的树林。之后，人仰仗大脑之发育，汲取天地之精华，肌肉渐次强壮，四肢日益发

胆小的孩子，仰望红杏，口水横流。
胆大的孩子，直接攀树而上。

达，在积蓄到足够的实力与野兽迎面搏击时，才从树上落至地面，并成为降服其他动物的地球霸主。

自古而今，从今而后，无论何年何月，就像“瓜儿离不开秧”那样，人是永远都无法脱离树而存活的。人即使抛却豪车华屋，放弃电脑手机，都不能别离于树。人对树的依赖，仿佛鱼之于水，一经缺失，必有生存之忧和健康之患。春天，树像热情奔放的少男少女，用满树的繁花，给人以欣赏的同时，也给人营造出优美的环境；夏天，树像宽厚的父亲，用蓬勃的枝叶，守护着一抹阴凉，给那些被阳光晒得无处躲避的行路者，以喘息的场地；秋天，树像慈爱的母亲，分娩出各等甜蜜的果实，给人以口腹的享用和身体的滋补；冬天，树像饱经沧桑的祖父祖母，浮叶散尽，皮粗肉糙，却历经霜寒不位移，饱受风吹雪落不改屹立之姿，给人以坚韧不拔的精神指引。

树对人是有大恩大德的，是恩重如山恩大如天的，然而人对树，又抱持何种态度，给予何种待遇呢？在实用主义作为衡量一切价值的诸多人看来，树不过是人取之即来、来之可用的物品和工具而已，于是在逐利的驱使下，人对树想砍就砍，想锯就锯，及至“坎坎伐檀兮”的伐木声，在人类数千年的进化中，从未间断和休止过。刀斧之下，作为生命体的树，其疼痛与流泪、憔悴与死亡，人既无力体察，又无心感知。树经过人的肢解和加工，化为木柱，立于厅堂；化为木椽，架于屋顶；化为木板，制成桌凳；化为柴棒，烧于灶膛。

人对树毫无节制地伤害和捣毁，无异是在“搬起石头砸自己的脚”，最终殃及的，还是人类自身。而今游走四方，要想与一棵古树相逢，并不比与一件稀世珍宝相遇更为容易。然而曾几何时，每一个村庄，都矗立着无数棵老瓮一般粗壮的大树，树高百尺，树冠触碰云絮，树枝勾连交错，老鸦在树梢筑巢，麻雀在枝桠间飞起飞落。龟裂的树皮，也许炸裂，也许颓唐，但只要深埋土下的根须依然活着，一到春天，枝头的嫩芽就会渐渐散开成满树蓬勃的绿叶。但现在，站立高巅极目一座座村庄，尽管拥拥挤挤的建筑物，越来越趋向现代化，明阳之下的水泥楼体，瓷片光亮，玻璃闪烁，却总给人一种光秃和荒芜之感。古树，不仅是村庄历史的活化石，而且是村民生生不息血脉传承的载体。人的寿命，绝然无法与树相比。一棵被先辈们栽植的树，不但其肌肤上遗留有先辈的体温，而且其五脏六腑，也蕴含着先辈对后世子孙的殷殷期待和切切爱意。

水泥是冰冷的，但树却是充满温情的。在树荫下乘凉，与树日夜相伴，抚摸树的体表，呼吸树的气息，与树凝视，与树低语——温润的树，不但能疗人之体痒，而且能医人之心伤。

作为树的受益者，人应以虔诚之心向树致敬，感恩树千年万年的庇护，颂赞树不求回报的施与，并在精神的层面向树看齐，促使自己化为一棵树……退一步讲，如果无法做到这些，那也要力争留住近旁的一棵大树，能让自己在炎炎的夏日里，至少有一片阴凉处，可以用来歇脚。

落叶的境界

“秋风生渭水，落叶满长安。”每到深秋，望着枝头摇摇欲坠的秋叶，总能让人浮想起贾岛的这两句诗来。

秋叶是叶子老年时的状态，枯萎，沧桑，弱不禁风。然而叶子的年轻状却远非这样，它也曾像婴儿一样地娇嫩，像少年一样地蓬勃，像青年一样地激情澎湃。叶子在众多人的眼里，是无足轻重的，似乎多那么一片或少那么一片，皆无碍于世界的整体风貌。然而事实是，正是漫山遍野的叶子，才汇聚成汹涌的绿海；正是无数摇曳的叶子，才使人间氧气漫溢。叶子没有树干粗壮，没有花朵妖娆，没有果实香艳，但叶子既有叶子的志向，也有叶子的情操，它宁愿做花朵的陪衬，也不与花朵竞艳；宁愿做果实的保姆，也不与果实争宠。没有叶子，树会光秃，花会凋零，果实会萎靡。大地因为叶子的装饰，才不再皮粗肉糙；地球因为叶子的渲染，才显得生机盎然。在人类的文明史中，叶子一直肩负重责，任劳任怨，但遗憾的是，在累牍连篇的史册中，却很难寻觅到称赞叶子的点滴墨痕。好在叶子不屑于图谋邀功，更无意于获取回报，它压根儿就不在乎人们对自己态度的热冷，该翠绿时就翠绿，该萎谢时就萎谢。

翠绿是一种美德，萎谢也是一种美德。努力地绿化过，殚精竭虑地付出过，在迟暮的秋阳里，叶子在秋风长鞭的轮番抽打下，渐入老境，呈现出一副颓唐之色，憔悴，落寞，孤独，惊慌，焦虑，甚至自暴自弃。枯黄的叶子，在树的眼里，无疑已成累赘；凋零的叶子，在人的心里，更是遭到嫌弃。那些肤浅的诗家，谄贵而蔑贱，近红而远黑，从不顾及落叶的哀伤，对其极尽冷嘲热讽。在这等世情里，叶子心里明白，自己该走了，该向树木挥手作别了，于是它不恋昨日之荣，不贪枝头之高，毅然决然地改弦易辙，选择了退隐与离开。

很少有人留意到叶子的功德，并意识到落叶的高贵。那些轻蔑落叶的食禄之辈，未必就有落叶的境界。

自古而今，落叶似乎都龟缩在贬义词的词库里，灰尘蒙面，满身污迹。然而真实的情况是，落叶是秋风的受害者，它的命运，受季节的支配和左右。季节让它绿，它就绿；季节让它黄，它就黄；季节让它坠落，它就坠落。

凡植物与动物，皆和落叶一样，无论昔日何等地繁盛，何等地显赫，到头来都得坠落，都要离去，不可能恒霸高枝于千秋，永踞高处于万世。

该坠落时坠落，该离开时离开——这种抉择，之于落叶，也之于人，不是无能，不是败北，而是对时势和生命的大彻大悟。功利的俗世，在不断地鼓动人要执着进取，而脱俗的圣贤，却在谆谆地晓谕人要知进知退。进取与退却，貌似矛盾冲突，其实殊途同归，有着高度的对立统一。进取是叶子和人的前半生，而退却是叶子和人的后半程。犹如爬山，爬到一定的高度，就要开始下坡那样，叶子和人，永远不可能占据枝头和山头而不下来。如此，其他叶子还怎么萌发新芽？其他人又如何登高望远？

何时进取，又何时退却？答案是，顺势而为则为道，逆势而为则为魔。对时势的客观判断，以及判断后何去何从地自我选择，考验着不同叶子与不同人的精神格局。

来，值得赞美；去，也值得颂扬；有进有退，既为生命的常态，又为智者的良策。深谙世间之理的叶子，以退隐和离开的方式，及早地给明年发芽的嫩芽腾出位置，不妨碍新叶的生长，以素颜和素心，回落泥土，报答泥土曾经的孕育与供给之恩——叶子就是以这种方式，哪怕是谢幕，也要为世间的再度丰饶，做出最后的贡献。叶子掉落得无声无息，却像一曲凄厉的绝唱，撼人心魄；叶子最终回归了泥土，却宛若一座精神的丰碑，矗立浩宇。

骄阳与雨水的爱恨情仇

如果把气温的热冷，比作起伏的层叠山峦，那么，每年的七月份，则是山峦中最高的那座山峰。未抵达峰巅，气温一直在爬坡，越爬越高；然而一旦越过峰巅，就开始走下坡路，渐次降低，及至跌入谷底——这样的四季轮回，犹如西西弗斯推着石头上山，上去又下来，下来又上去。

七月在燃烧，熊熊的烈焰似乎能将人的皮肤烤焦。地面滚烫，花草萎靡，躲在树荫下的纳凉者不住地擦拭汗水，趴在草丛中打盹的野狗大口地喘着粗气。对阴晴从来都漠不关心的人，这个阶段却对天气预报格外地敏感。侧耳聆听或瞪眼细瞧，捕捉到的气温数据，总在高位徘徊，不是三十七度，就是三十八度，这给本就滋滋冒火的心火上浇油。

酷暑似酷刑，很多脆弱的人，生活因此而陷入了混乱。浮躁的心，更加浮躁；焦虑的思绪，愈加焦虑。白昼昏昏欲睡，夜晚辗转难眠，目之无光，腿之无力，食之无味，精神倦倦怠惰，身体恹恹困乏。遇到这等高温天气，大概唯有沿街叫卖雪糕的小贩，以及售卖西瓜的坐地贩子，才会由衷地窃喜——商贩们与白居易笔下的卖炭翁，面临着近似的处境，也怀着同等的憧憬。尽管在生理感受上，他们与其他人毫无二致，但在鱼和熊掌的选择中，却宁愿自己的身体承受煎熬，也不愿自己的口袋空瘪轻飘。他们以“人肉换猪肉”般豁出去的架势，与主流期待逆向而行，翘首期盼天气更加炎热。

高温天气里，雨成了稀世珍品。一场降雨，能扑灭多少火焰，驱散多少热浪，使多少禾苗与树叶翠绿，让多少干旱的土地与焦躁的心田获得滋润和抚慰。雨带来了些许的凉快，也使人在与酷热疲于奔命的缠斗中，得以暂且的休战。

不论从哪个角度看，酷热天的雨皆煞是可爱，讨人欢喜，哪怕突袭的雨淋湿人的衣衫，哪怕慌乱奔跑的脚被倒卧的横栏绊倒。唾骂雨的人，诅咒雨的人，或许有之，但在人数比例上，绝对处于劣势。雨是气流聚拢冲撞的产物，甚至有点儿像两股势力厮打咆哮时，因受伤而流泻的血泪。气流暴怒，冲突剧烈，才形成雨肆无忌惮地狂飙。雨有或无，猛烈或缠绵，与气流此时的心情，互为因果。大概源于气流的喜怒无常，雨也显得喜怒无常。有时候，雨像一个顽劣的孩童，神出鬼没，懒懒散散，使坏一般往地面撒几滴尿，然后溜之大吉，没有了踪影；有时候，雨像一个神经质的莽汉，一阵咆哮，一阵激荡，不计后果地掰断天河大坝的闸门，致使狂涛瓢泼而下，地面顷刻间洪涝成灾；有时候，雨像一个悲伤的怨妇，动辄就流泪，一经哭泣，就无休无止，绵延不绝，宛若寻夫的孟姜女，仿佛不把一道道墙壁一座座屋舍哭得倒塌，就誓不罢休……雨无规律性可言，偶尔还会与人作对，思念它时它不来，厌弃它时它不走。

酷热是由阳光造就的，而阳光与雨水，像一对性格不合的夫妻，尽管相互抵触，但终究还得白头偕老，咬紧牙将日子过下去。然而，不论两者如何勾心斗角，它们对大地上的所有生命，都显得无比慷慨。它们倾其所有的馈赠，是无偿的，是不图回报的，是不含任何功利色彩的，甚至，连它们的鹬蚌相争，都不是为了自己，而是为了生命——恰是因为它们之间此消彼长的你进我退，你强我弱，才使生命避免了旱涝之虞，从而拥有了舒适惬意的生存空间。它们不共戴天，却又相互守望；同床异梦，却又同床共枕……雨水被阳光蒸发，转化为云，云弥漫着，总想遮蔽阳光。但阳光决然不肯束手就擒，执意要冲破云缝，而封堵不住阳光的云，不但呼朋唤友，引来更多的援兵，而且脸色剧变，杀气腾腾，最终以雷霆之怒向阳光示威。云不惜粉身碎骨，也要将阳光的嚣张气焰予以扑灭。水与火互不兼容的殊死较量，对人而言，毫无疑问大有价值。人是怕热怕冷的，且常常在水火之间忧心忡忡：火过盛则焚毁，须有抑制之力；水太滥则祸殃，须有蒸发之能。

坐在烈阳里，在思念着雨；坐在雨天里，又在呼唤着太阳——人很少静下心来，去领悟大自然的奥秘，体察大自然的心迹。不论天晴天雨，地暖地冷，其实都是大自然以不同的方式，对生命的深情表白。人对于大自然，不但要顺应，而且要懂得每一个季节都有它的美好，每一朵花都有它的姿色，每一缕阳光都有它的期许，每一滴雨水都有它的情怀。

浮叶对根的情谊

——耀州城乡变迁漫笔

1

人是一个矛盾的集合体，就其精神层面而言，极易陷入自我纠结自我缠斗的状态，这山看着那山高，这河看着那河宽，手抓熊掌却留恋鱼肉之香，坐拥蜀国却不忍舍弃陇地之阔。此情此景，颇像三角恋爱游戏中见异思迁的“第三者”：未与新人挽手时，烈火焚心，煎油烫魂，“为伊消得人憔悴”；但与新人共枕眠后，日夜厮守，却又甚觉乏味，禁不住地深情回忆起旧人的种种好处来。

人就如此这般地身处自相矛盾的夹缝之中，被欲望迷惑，又被追悔抓挠，瞻前而顾后，欲罢而不能。然而，人的痴心也好，妄念也罢，也许可以改变自己的小生活，却无法撼动社会的大根基。社会尽管由人组成，却常常置人的欢悦与疼痛于不顾，仿佛奔涌之水，或流浪之云，不肯因人的情绪转换而有分秒的停歇。今天的一抹风景，很快就沦落为昨日的黄花；明早泛红的一缕晨曦，瞬间就被夕暮的晚霞遮蔽。淘汰再淘汰，遗弃再遗弃，回眸凝望，满路抛扔的，皆是往昔生活的碎片和残骨。

作为芸芸众生的一分子，如我这般的多数人，充其量只是社会列车的乘客，而非手握方向盘的驾驶员。疾驰的列车，呈现着铁一般的性格，从来就不肯怜惜乘客的表情，对隐现或浮现于车厢里的笑容和涕泪，丝毫不予理会，而是按照自己意念中蹦跳的狂想曲节奏，野马脱缰般地朝前奔跑。这时候，人适应或不适应，悠然或悚然，都难以将列车喊停。

新家具搬回了家，意味着旧家具必遭淘汰；新房舍修葺一新，旧家室必将人去楼空。当人从少年活到老年，从彼岸来到此岸，注定已无法原路返回，再也不可能与从前相拥，与往昔重逢。人大踏步朝前行走之时，是不管不顾的，也是满怀欣悦的，总幻想着远方比近处更为风光旖旎，未来比现实更为阳光明媚。但走得远了，眼前一片迷蒙，心里一片空落，于心慌意乱之际，朝朝暮暮地期待着能原路返回——这等景况，宛若随团旅游那样，未出发前，热血澎湃，脑子里穷尽各等美妙的幻想，但若真的落地异乡，也许脚跟尚未站稳，却已归心似箭，迫不及待地倒数着日子，渴望着尽快回家。

2

离开又思念，亲近又别离。从长安通向耀州，或从耀州通往长安的宽路窄道上，我往往返返，历经近三十个花开花落的春秋。耀州在我的眼里，不仅是生命之源头，更是情感之绿野、精神之孵巢。作为耀州之树上飘零的浮叶，我从未减弱过对母树的关注，也从未放弃过对树根的寻踪。

三十年的风雨沧桑，整个华夏的疆域，足以用翻天覆地来形容，而地处秦域腹地的耀州，也在时代潮汐的冲刷下，不可避免地被重新塑造。村庄合并，乡镇融合，一些土气的地域，一些古旧的街巷，纷纷更名换姓。尤其是一座座的乡村学校，在并校的浪涛中，仿佛孤舟一般被卷涌而去，唯留破败的颓墙和空洞的窗栏，像守望者佝偻的身躯和迷茫的眼神，徒然地孤立远望。细数来与去，盘点得与失，在我看来，耀州为政者最大的德绩，在于缓解了空气污染之患，解决了百姓饮水之难。如果说其他方面的变化，比如餐食由咸菜当道变为鱼虾琳琅，衣着由色暗款旧变为色艳款新，居住由土木厦房变为砖石楼房，河滩由荒草萋萋变为红绿簇簇，街道由自行车洪流变为小轿车的长龙阵，等等，究其本相，无一不为枝叶末梢，而真正的根本，却无外乎于空气与饮水的颠覆性改观。空气与饮水，关乎生命之短长，涉及生活之祸福，之于人，无疑具有无可替代的釜底之薪的价值。记忆里，我在耀州上班时，每到冬日，无数粗粗细细的烟囱，都在不间断地喷冒着黑雾，街巷的上空，总是灰蒙蒙、黑乎乎的，弥漫着呛鼻的味道。就连那一轮朝阳，也仿佛病患者的脸庞，苍白而憔悴；搓洗后的白色衣物，晾晒于衣杆之上，时隔不久，就宛若一张大花脸，布满了斑斑点点。而现在，天蓝了，云白了，地绿了，太阳仿佛沐浴过一般鲜亮，人的头顶和眼前，不再乌烟瘴气，而是通透而纯净，呼吸起来，再也不用掩鼻捂口。与空气同步改观的，还有乡村民众取水的由难变易。耀州除却州城北侧的狭长川道和西侧相对平整的阔塬，其余大部分的地形地貌，皆为错落无序的干旱土塬。我出生于旱塬沟畔，成长于饥年荒月，深知“一箪食，一瓢饮”，对于嗷嗷待哺的饥渴性命，其意义是何等地重大。那些面朝黄土背朝天的劳碌村民，上至弯腰驼背的蹒跚老人，下至刚刚扔掉奶瓶的学步幼儿，谁能逃得了下沟挑水抬水的宿命？饭菜里三月无油，尚且危及不到生命；但杯碗中一日无水，人就形若枯竭断流的荒废河滩。挑水，抬水，这些日日重复的苦役，压弯了多少脊梁，挣断了多少肋骨……现如今，哪怕走进极其偏远的村落，都再也听不到村民因缺水而发的长吁短叹了，甚至扁担与水桶，都成了闲置之物。水就在锅灶边的龙头里，一拧动，就白花花地溢流。

变化后的耀州，失却了沉暮之气，取而代之的，是一副青春靓丽的妆颜。曾经低矮瘦小的州城，宛若吃胖了一般，体量增大许多，腰围扩充不少；昔日的菜地，不觉间已被不断延伸的道路和接续拔高的楼房占据；就连古迹药王山，也不再像耄耋老者那样老气横秋，而是宛若待嫁的新娘，一派妩媚，一袭华美，只是相对于历史积存的厚重，气质显得过于轻浮。

不止在一个场合，我都阐述过同样一个观点：所有人都是改革开放政策的受益者。不同之处在于，有人受益多之又多，有人受益却少之又少；有人明确地知道自己从中受益，有人却对自己的受益浑然不知；有人受益了在莺歌燕舞地歌唱，有人受益了却牢骚满腹地抱怨……就连当世的乞丐，比之饥馑年代的乞丐，都更易于获得，并被宠惯得更为挑剔。饥寒交迫的岁月，面黄肌瘦的乞丐，络绎不绝地挨门挨户乞讨，十户人家中，能有三户拿出吃食施舍给他们，就已相当不错；目视他们的讨饭篮子，弃扔其中的，皆为一疙瘩一疙瘩发霉的杂粮馍蛋，连一个完整的玉米馒头都很难看到。而现在的乞丐，给他一丸丸黑乎乎的干馍蛋，他肯伸手去接吗？物质的丰裕，不但撩拨得无数狂妄的野心翩翩欲飞，也把乞丐的胃口越撑越大——给乞丐白馒头他会拂袖而去，给乞丐分币他会斜睨而怒。

耀州的变迁不是孤立的，而是与华夏的命运相系，与时代的旋律相谐。这座被历史格外青睐的古老州城，其日新月异，狭义地理解，是它自身的凤凰涅槃；广义地解读，则是一个时代的微型标本。

3

改变后的耀州好，还是改变前的耀州好？这是身处外地的耀州人相聚时，最易涉及也最易产生歧义的话题。有人在为变化眉开眼笑，也有人在为变化捶胸顿足。在我看来，前者的乐观过于肤浅，后者的沮丧又过于保守。有变化实属正常，无变化才令人感到奇怪。中国古代的历史，貌似在循环往复，但实际上却一直处于缓慢地推进当中。唐朝不似秦朝，清朝亦非宋朝，尽管各个朝代的社会结构和精神底蕴几乎毫无改进，但就其生产力和文化风貌而论，早已不复从前——唐朝的文人，醉心于句式整齐的诗歌；而宋朝的雅士，却心血来潮，将诗歌拆解，组合成长短不一的词章；到了元代，士大夫又一门心思地推陈出新，将词章进行揉搓，撕扯出更加松散更加多样的曲牌……世界上没有一成不变的永恒，唯一的永恒就是不断地变化。

问题的核心，倒不在于变与不变，而在于哪些东西该变，哪些东西不能变。该变的物事，一定要变，不然社会无以进步，人类无以进化，文明无以提升。该剪的辫子就得剪掉，该抛弃的裹脚布就得抛弃，煤油灯就该被电灯取代，烧锅的柴火就该遭天然气淘汰，泥土路就该被水泥和沥青覆没……不能因为自己怀旧情绪滋生蔓延，就抗拒一切新事物，并视所有的旧事旧物为道统，从而像原教旨主义者那样不容许些许地偏差和修改。

但有一些东西，在千变万化中，绝然不可对其轻举妄动，更不能像对待用于演算的草纸那样，随意地涂抹和擦拭。最典型的，就是历史的遗存，以及附着于遗存之表或潜藏于遗存之腹的文物，皆不能伤其一毫，损其一屑，更不能因其视觉上的老旧萎靡、不雅不致，就大动干戈地施行美容之术。文物是易碎品，一经失去，永难复得，唯有胸怀虔敬，小心翼翼地予以呵护，方能保全其遗骸，促进其寿命。改头换面后的文物古迹，无论外观何等地壮美奢华，事实上皆已沦为赝品，一文不值。一座倒塌的古代建筑，其满目疮痍的废墟，远比在原址上重新构筑的仿制品，更具有历史的承载功能，也更具有撞击人心的震撼力。

长城再颓唐，都不能对其贴瓷砖——道理就是如此简单。

历史是偏爱和厚待耀州的，证据之一，就是为耀州子民的后裔，遗留下诸多弥足珍贵的文物古迹，耀州人若不对它们珍惜备至，关爱有加，又有谁能在乎它们？基于此，作为身离耀州心却未离耀州的耀州人，我希望用以下的逆耳忠言，和身在耀州的乡友们共勉：我们的每一举动，每一作为，皆须三思而慎行，至少要能上对得住先祖列宗，下对得住后世子嗣，唯有这般，才能栽花花绚烂，插柳柳成荫，不然就会弄巧成拙地种瓜得豆，播谷收糠，甚至于立功却戴罪，祈福反致殃。

对待文物古迹如是，对待地名亦莫不如是。地名和人名不同，人名冠一世，地名横千秋。那些村镇、村落以及街巷的名称，自古而今，沉淀许久，潜藏太多历史和文化的内蕴，不像人戴的帽子那样，可以随意更替：嫌弃旧的，就换上一顶新的。“文革”时，为迎合时政，北京有三百多条街巷被轻率易名；但“文革”后，这些街巷在诸多有识之士的联名呼吁下，绝大部分又弃新择旧，恢复它本来的名号。这些旧名，比如大北窑、驴市路、奶子房、骚子营以及清代处决刑犯的菜市口等，也许在那些无知者看来土得掉渣，俗不可耐，但若将其统统改掉，估计北京城独有的历史魅力和文化风韵，就会荡然无存。

笔者对各地的地名，尤其是西安的地名，做过些许的调查和研究，并书写过一篇在较大范围内传播的小文，名曰《西安的地名》——该文被编入陕西省教委编纂的小学五年级语文辅导教材——得出的结论是：一个古旧地名的消失，意味一个地域的历史已被挫骨扬灰。要承袭历史，得先从尊重地名开始做起。

4

游走于耀州的村落，我的心里时有感慨，且五味杂陈。

欣然的是，世代委身于土地、受之于土地的恩赐又反过来被土地奴役的村民，终于摆脱为吃穿发愁的窘境，紧锁的眉头荡漾起了舒展的笑容。一栋栋新式的房舍，整整齐齐地排列着，修筑得恍若别墅，让我这样一个所谓的“城里人”，有时都忍不住地啧啧羡叹。我深知，这些时尚新潮得仿佛模特一般的农舍，现在或许还只是个别的范例，但在不久的未来，必会成为普遍的存在。

无论从哪个角度审视这等鸡鸭化身凤凰的遽然变化，都不能否认其中蕴含的积极意义。受益最大者，则为那些农户。很多农户，尽管比之过去，生活改善良多，但手头并不宽裕。若无来自外力的帮扶，仅靠他们的一己之力，是很难建造出这等宽敞明亮的屋宇的。相较于扶贫映射出的博爱之光，诗人杜甫“安得广厦千万间，大庇天下寒士俱欢颜”的理想，从气量上就略显狭小。作为士族的杜甫，目之所及，心之所念，在于“士”——知识阶层——的冷暖，而非农桑布衣的饥寒。但扶贫，则是对社会最为弱势者的怜惜与救助，其精神的幅度，比杜老先生更显博大，也更具人性的暖色。

然而游访中的某些所见所闻，也引发我的困惑和思索，使我这颗本就兔子般活蹦乱跳的心，愈发地奔逃乱窜。比如村庄的文化，究竟该如何定位，该如何塑形，在我看来，就是一个颇为值得探讨的话题。令人欣喜的一点在于，几乎每个村庄，都能意识到文化是通往兴盛的必然要素，但在该朝哪个方向掘进上，又陷入了瞎子摸象的境地——方向一旦偏移，越是走得远，越是南辕北辙。

事实是，不止一个村庄，都在舍本求末，以一种追风的姿态，把村庄文化的主题，或拟定为“孝”，或确立为“德”，于是在村庄最为显眼的宽大墙体上，五彩缤纷地画满了“二十四孝”图，或涂满了《道德经》的示意图。且不说“二十四孝”的内容是多么地鱼龙混杂；也不论“德”的精神资源，并非纯粹源自《道德经》，而是诸子合唱之产物，单就一个村庄把自己的文化理念生搬硬套成“孝”，夸大其词成“德”，就给人以牵强附会不得要领的错乱之感。这种情态，仿佛一个三岁的幼儿，硬生生地穿了一件成人的长袍，既不合体，又难雅观。众所周知，“孝”和“德”，本为华夏族裔的精神图腾和伦理信条，一个小小的村落，若不加甄别地将其据为己有，就会像一个时常扮演高大上角色的演员那样，日久天长，不但极易误把自己等同于剧中的角色，而且不可避免地将自身的固有禀赋弄丢。

搞清楚谁是谁，不要把耕牛和蜗牛混为一谈，这等貌似简单实则不简单的问题，之于一个人，或之于一个村庄至关重要。自己瓢中有菜，锅里有饭，何必要多此一举地将筷子伸向别人的餐桌？从自己的本体出发，在自己的储藏间搜寻，也许就能发现和找到适宜于自己的文化坐标。

具体而言，每一个村庄，最应做的，就是摸透自己的家底，搞清自己的优长，然后以此为基点，来根植和浇灌属于自己独有的文化根系。文化犹如空气，看不见，摸不着，实为无形之物，却常以有形之物来呈现，比如窗棂上的窗花、鞋袜上的刺

乡赋二则

麻子村赋

仰天之恩赐，拜地之造化，盘耀州一角，踞关庄一隅，俯察沮河川间流，极目白云高空翔。叠叠厚土，缓缓台塬，高低起伏，错落无致，横竖沟壑刀斧劈，甘甜清泉石缝涌，遍野麻林掀狂浪，接连沃壤荡绿波。先辈种植麻子，远古而今，沿袭千年；世代从事稼穑，深耕细作，传承百世。五谷飘香，草木繁茂，蓊蓊郁郁遮天日，蓬蓬勃勃佑子孙。土垒之城墙，绕错屋舍而箍砌；散漫之窑洞，临沟壑而壁立。晨曦寥星伴鸡鸣，夕暮炊烟袅树梢，织布机梭敲寒岁，孤灯幽暗穿针线。男犁耕，女织纺，老饲养，少耕读。学堂朗朗声，继之不绝，书香润荒漠，栋梁益茁壮；舞台幕幕戏，复之不厌，唱腔烫耳根，花香漫心魂。日积月，月累年，物非人亦非。牛蹄痕迹荡无存，柏油路面轿车疾，挑水曲径荆棘覆，庭院龙头饮止渴。碌碡寂然碾场眠，柴垛颓唐墙根缩，旧衣换新衣，故人换新人。麻子村，命之基，树之根，鸟恋巢穴，子寻母身，梦里能亲，梦醒难认。

关庄赋

开天辟地，斗转星移，万载土塬沐晨光，千秋炊烟染夕阳；秦地腹腔一隅，耀州西北一角，歪歪沟壑刀斧砍，坦坦沃壤铺锦绣。层叠梯田，起伏高低；散漫村落，布列三梁；集镇商贾来去，店铺货物琳琅；乡梓温馨静寂，轴旁依稀牛羊；大道宽畅犹箭，辐射神州西东，通透华夏北南；小路蜿蜒若蟒，笼络星罗柴扉，连缀棋布窄巷。此地此域，半城半乡，谐土谐洋，谓之曰关庄。

旧之关庄，皇天后土，荒径衰草，穷乡僻壤。低头茅屋寒舍，拘囿颓窑矮墙，苦民男耕女织，废之以寝，忘之以食，饥寒瘦弱日复日，困顿劳作岁继岁，幼者尘霜，老者沧桑，油灯幽微伴织机，鼾声雷霆枕黄粱。嗟乎关庄，古之通衢，岔之交汇，简陋驿站几番屹，沟畔酸枣酿樽红；瓦蓝拂杨柳，堂馆醉喧闹，粗瓷老碗蹲躯捧，裹脚冗布腰间系，脚夫夜宿梦缭乱，三更晨起征途长。然关庄之幅员，既往而今，天地朗润，文脉厚积，百姓崇德守仁，人杰辈出无尽，翘楚辉映穹苍。柳氏公权，书法绝尘孤远，亦棱亦骨，且端且正，彪炳典册，卓尔光焰，千年时空万里疆；傅门父子玄咸，刨之以根，究之以底，铁铸魂魄腰不折，透析病理开疗方，妙笔华章，振聋发聩，纷纭激荡。呜呼，关庄不寡不瘠，史闻声，碑留痕，高坡岂止升斗量？

今之关庄，田畴葱葱郁郁，森木莽莽泱泱，果硕籽肥，汹汹溢香，仓廪实而知礼节，言行达而信有度。楼宇幢幢，泛光溢彩；轿车鱼贯，越岭穿山；政通人和，官廉民勤。上下聚力，左右逢源，同祈久福禄，共享恒泰康。

绣、节日里的花馍、石头上的雕刻、屋檐上的斑纹以及饮食的习惯、方言的发音、婚丧嫁娶的习俗，等等，凡此种种，无不渗透着地域文化的因子。真正意义的文化，不是挂在电杆上的标语，不是刷在墙上的口号，而是与村庄的地理地貌、物产饲养、房舍巷陌以及邻里间的相互关系、家庭成员的相处模式、个体的生命气象和精神气度等，密切关联。一种特有的植物，一个扔掉的破碗，一台散架的织布机，一孔被荒草埋没的土窖，一棵枯朽的古树，等等，既是村庄历史沿革的经脉，又是村庄文明滋长的物证。如果能将这些今日已百无一用的物件悉心收集，并予以储存展览，对于村庄，是一笔厚实的财富；而对于村庄的后人，则能化为他们窥望祖先生活的窗口、触摸祖先体温的肌肤以及追溯自己生命来历的通道。

看到别人的田畴里甘蔗茂盛，无须羡慕，亦无须仿效，只要种植好属于自己的玉米、大豆，一样能获得敬意——因为甘蔗林是风景，玉米林也是风景；小桥流水是风景，大漠孤日也是风景；巍峨山脉是风景，干裂沟壑也是风景；富丽堂皇的高楼是风景，苍凉斑驳的窑洞也是风景。